"十二五"国家重点图书出版规划项目

中国史话

文化系列

# 宋词史话

A Brief History of Lyrics

傅宇斌 著

社会科学文献出版社
SOCIAL SCIENCES ACADEMIC PRESS (CHINA)

# 《中国史话》编辑委员会

主　　任　陈奎元

副 主 任　武　寅　高　翔　晋保平　谢寿光

委　　员　（以姓氏笔画为序）
　　　　　卜宪群　马　敏　王　正　王　巍
　　　　　王子今　王建朗　邓小南　付崇兰
　　　　　刘庆柱　刘跃进　孙家洲　李国强
　　　　　张国刚　张顺洪　张海鹏　陈支平
　　　　　陈春声　陈祖武　陈谦平　林甘泉
　　　　　卓新平　耿云志　徐思彦　高世瑜
　　　　　黄朴民　康保成

秘 书 长　胡鹏光　杨　群

副秘书长　宋月华　薛增朝　袁清湘　谢　安

# 总　序

　　中国是一个有着悠久文化历史的古老国度，从传说中的三皇五帝到中华人民共和国的建立，生活在这片土地上的人们从来都没有停止过探寻、创造的脚步。长沙马王堆出土的轻若烟雾、薄如蝉翼的素纱衣向世人昭示着古人在丝绸纺织、制作方面所达到的高度；敦煌莫高窟近五百个洞窟中的两千多尊彩塑雕像和大量的彩绘壁画又向世人显示了古人在雕塑和绘画方面所取得的成绩；还有青铜器、唐三彩、园林建筑、宫殿建筑，以及书法、诗歌、茶道、中医等物质与非物质文化遗产，它们无不向世人展示了中华五千年文化的灿烂与辉煌，展示了中国这一古老国度的魅力与绚烂。这是一份宝贵的遗产，值得我们每一位炎黄子孙珍视。

　　历史不会永远眷顾任何一个民族或一个国家，当世界进入近代之时，曾经一千多年雄踞世界发展高峰的古老中国，从巅峰跌落。1840年鸦片战争的炮声打破了清帝国"天朝上国"的迷梦，从此中国沦为被列强宰割的羔羊。一个个不平等条约的签订，不仅使中国大量的白银外流，更使中国的领土一步步被列强侵占，国库亏空，民不聊生。东方古国曾经拥有的辉煌，也随着西方列强坚船利炮的轰击而烟消云散，中国一步步堕入了半殖民地的深渊。不甘屈服的中国人民也由此开始了救国救民、富国图强的抗争之路。从洋务运动到维新变法，从太平天国到辛亥革命，从五四运动到中国共产党领导的新民主主义革命，中国人民屡败屡战，终于认识到了"只有社会主义才能救中国，只有社会主义才能发展中国"这一道理。中国共产党领导中国人民推倒三座大山，建立了新中国，从此饱受屈辱与蹂躏的中国人民站起来了。古老的中国焕发出新的生机与活力，摆脱了任人宰割与欺侮的历史，屹立于世界民族之林。每一位中华儿女应当了解中华民族数千年的文明史，也应当牢记鸦片战争以来一百多年民族屈辱的历史。

当我们步入全球化大潮的21世纪，信息技术革命迅猛发展，地区之间的交流壁垒被互联网之类的新兴交流工具所打破，世界的多元性展示在世人面前。世界上任何一个区域都不可避免地存在着两种以上文化的交汇与碰撞，但不可否认的是，近些年来，随着市场经济的大潮，西方文化扑面而来，有些人唯西方为时尚，把民族的传统丢在一边。大批年轻人甚至比西方人还热衷于圣诞节、情人节与洋快餐，对我国各民族的重大节日以及中国历史的基本知识却茫然无知，这是中华民族实现复兴大业中的重大忧患。

中国之所以为中国，中华民族之所以历数千年而不分离，根基就在于五千年来一脉相传的中华文明。如果丢弃了千百年来一脉相承的文化，任凭外来文化随意浸染，很难设想13亿中国人到哪里去寻找民族向心力和凝聚力。在推进社会主义现代化、实现民族复兴的伟大事业中，大力弘扬优秀的中华民族文化和民族精神，弘扬中华文化的爱国主义传统和民族自尊意识，在建设中国特色社会主义的进程中，构建具有中国特色的文化价值体系，光大中华民族的优秀传统文化是一件任重而道远的事业。

当前，我国进入了经济体制深刻变革、社会结构深刻变动、利益格局深刻调整、思想观念深刻变化的新的历史时期。面对新的历史任务和来自各方的新挑战，全党和全国人民都需要学习和把握社会主义核心价值体系，进一步形成全社会共同的理想信念和道德规范，打牢全党全国各族人民团结奋斗的思想道德基础，形成全民族奋发向上的精神力量，这是我们建设社会主义和谐社会的思想保证。中国社会科学院作为国家社会科学研究的机构，有责任为此作出贡献。我们在编写出版《中华文明史话》与《百年中国史话》的基础上，组织院内外各研究领域的专家，融合近年来的最新研究，编辑出版大型历史知识系列丛书——《中国史话》，其目的就在于为广大人民群众尤其是青少年提供一套较为完整、准确地介绍中国历史和传统文化的普及类系列丛书，从而使生活在信息时代的人们尤其是青少年能够了解自己祖先的历史，在东西南北文化的交流中由知己到知彼，善于取人之长补己之短，在中国与世界各国愈来愈深的文化交融中，保持自己的本色与特色，将中华民族自强不息、厚德载物的精神永远发扬下去。

《中国史话》系列丛书首批计200种，每种10万字左右，主要从政治、经济、文化、军事、哲学、艺术、科技、饮食、服饰、交通、建筑等各个方面介绍了从古至今数千年来中华文明发展和变迁的历史。这些历史不仅展现了中华五千年文化的辉煌，展现了先民的智慧与创造精神，而且展现了中国人民的不屈与抗争精神。我们衷心地希望这套普及历史知识的丛书对广大人民群众进一步了解中华民族的优秀文化传统，增强民族自尊心和自豪感发挥应有的作用，鼓舞广大人民群众特别是新一代的劳动者和建设者在建设中国特色社会主义的道路上不断阔步前进，为我们祖国美好的未来贡献更大的力量。

2011年4月

# 出版说明

自古至今，始终坚持不懈地从漫长的文明进程中不断总结历史经验教训，从中汲取有益营养，从而培植广阔的历史视野，并具有浓厚的历史意识，这是我们中国文化独有的鲜明特征，中华民族亦因此而以悠久的"重史"传统著称于世。在整个人类文明史上独一无二、系统完备的"二十四史"即证明了这一点。

中华人民共和国成立后，历史知识普及工作被放到十分重要的位置。20世纪五六十年代，著名历史学家吴晗主持编写的《中国历史小丛书》，90年代中国社会科学院院长胡绳组织编写的《中华文明史话》和《百年中国史话》，成为"大家小书"的典范，而后两套历史知识普及丛书正是《中国史话》之缘起。

2010年年初，为切实贯彻中央关于"做好历史知识普及工作"的指示精神，同时也为了更好地弘扬中国传统文化，我们对《中华文明史话》和《百年中国史话》

两套丛书的内容进行了修订和增补,重新设计框架,以"中国史话"为丛书名出版。第十一届全国政协副主席、时任中国社会科学院院长陈奎元亲任《中国史话》一期编委会主任,时任中国社会科学院副院长武寅任编委会副主任。正是有了各级领导的关心支持和诸多学术名家的积极参与,《中国史话》一期200种图书得以顺利出版,并广受好评。

《中国史话》丛书的诞生,为历史知识普及传播途径的发展成熟,提供了一种卓具新意的形式。这种形式具有以通俗表述、适中篇幅和专题形式展现可靠历史知识的特征。通俗、可靠、适中、专题,是史话作品缺一不可的要素,也是区别于其他所有研究专著、稗官野史、小说演义类历史读物的独有特征。

囿于当时条件,《中国史话》一期的出版形式不尽如人意,其内容更有可以拓展的广阔空间,为此2013年4月我们启动了《中国史话》二期出版工作。《中国史话》二期分为经济、政治、文化、社会和生态五大系列,拟对中国各区域、各行业、各民族等的发展历史予以全方位介绍。我们并将在适当时机,启动《世界史话》的出版工作。史话总规模将达数千种。

我们愿携手海内外专家学者,将《中国史话》《世界史话》打造成以现代意识展现全部人类历史和人类文明,集学术性、知识性、趣味性于一体的"万有文库"；并将承载如此丰厚内容的史话体写作与出版努力锻造成新时期独具特色的出版形态。

希望史话丛书能在形塑民族历史记忆、汲取人类文明精华、培育现代国民方面有所贡献，并为广大读者所喜爱。

史话编辑部
2014年6月

# 目录 Contents

序 ……………………………………………………………… 1

一　诗庄词媚：宋前词流与词体特征之形成…………………… 1
　　1. 中唐《竹枝词》与早期小令的风格 ………………………… 3
　　2. 宠玩与艳情：温、韦与《花间集》 ………………………… 8
　　3. 士大夫之词：冯延巳与南唐二李 …………………………… 15

二　南唐词之流衍：晏、欧与宋初词坛 ………………………… 25
　　1. 一向年光有限身：晏殊与《珠玉词》 ……………………… 28
　　2. 人间自是有情痴：欧阳修与《六一居士词》 ……………… 34
　　3. 往事后期空记省：张先与《张子野词》 …………………… 41
　　4. 看尽落花能几醉：晏幾道与《小山词》 …………………… 45
　　5. 误几回、天际识归舟：柳永与《乐章集》 ………………… 51

## 三 别是风流标格：苏轼与元祐词坛 ················ 58

1. 有情风万里卷潮来：苏轼与《东坡乐府》 ········· 59
2. 去国十年老尽少年心：黄庭坚与《山谷词》 ······· 70
3. 杜鹃声里斜阳暮：秦观与《淮海居士长短句》 ····· 75
4. 老来风味，春归时候：晁补之与
   《晁氏琴趣外篇》 ······························· 81
5. 红衣脱尽芳心苦：贺铸与《东山寓声乐府》 ······· 85

## 四 梦绕神州路：周邦彦与南北宋之际的词人 ·········· 93

1. 憔悴江南倦客：周邦彦与《清真集》 ············· 94
2. 蓬舟吹取三山去：李清照与《漱玉词》 ··········· 104
3. 自歌自舞自开怀：朱敦儒与《樵歌》 ············· 111
4. 张元幹、叶梦得等两宋之际爱国词人 ············· 114

## 五 壮士悲歌：辛弃疾与南宋英雄词人 ················ 123

1. 恨古人不见吾狂耳：辛弃疾与
   《稼轩长短句》 ································· 124
2. 与辛弃疾相鼓吹的张孝祥、陆游、
   陈亮等词人 ····································· 134
3. 受辛弃疾影响的刘过、刘克庄等后辈词人 ········· 142
4. 末世悲歌：刘辰翁、文天祥、
   汪元量等爱国词人 ······························· 148

六 复雅歌词：姜夔与南宋典雅词派…………………… 154
　1. 淮南皓月冷千山：姜夔与《白石道人歌曲》…… 155
　2. 映梦窗凌乱碧：吴文英与
　　《梦窗甲乙丙丁稿》………………………………… 167
　3. 怕见飞花，怕听啼鹃：张炎与王沂孙的词 ……… 172
　4. 史达祖、蒋捷、周密等同调词人 ………………… 178

七 风流余响：宋代以后词坛的沉寂与复兴…………… 185

# 序

岁月如流。漫步在盛夏的南京街头，一如以往的酷热。回到《全清词》编纂办公室，空调的凉风涤尽了心头的烦暑，不禁想起"冰肌玉骨，自清凉无汗"这首词。词是美的，清幽素洁。如能常葆此心，也是人生乐境。

古人对词的写作要求严苛，认为词以婉约为正，以豪放为变，故历代词作中向来以喁喁私语、缠绵悱恻之词为多，而壮怀激烈、奔放纵肆之词多目为叫嚣。实则，优秀的词作总是超出于一般的限制之上的。不仅以词为婉约失之于偏，即便婉约、豪放二分之说也过于单薄。喁喁私语、缠绵悱恻可为词，壮怀激烈、奔放纵肆亦可为词，至于曲折深幽之词，沉郁顿挫之词，情真意挚之词，清风明月之词，野云孤飞之词，超逸绝尘之词，甚或通体描摹、不涉寄托之词，皆不乏优美动人之作。故旷达如东坡，饱经劫难贬谪黄州时，也不免托孤鸿以自喻，发幽人之怀，而非一味地飘逸奔放；豪放如稼轩，志在恢复，而朝廷阻塞，其意不骋之时，亦以宫中见妒之娥眉自托，其情郁结，其语怨尤，而非一味纵肆狂放。至于以李清照一柔弱之女性，能作神骏之词；以姜夔之清雅，能发悲世之情；以吴文英之江湖骚客，亦能眺越千古。可见，古人词品即人品之说不可全信，词风之婉约、豪放之分也不可拘泥。词之美实可容纳文学之众美，在此点上，它是无异于其他文体的伟大创作的。

词肇于唐，盛于宋，衰于元明，复兴于清。历代皆有词人，而经典的词人词作则以宋为多。其中原因则有多端：其一是君王的提倡造成从上到下的创作热潮，宋词作者中，有君王为词者，有皇室为词者，有后妃为词者，而且在宋词题材中，有不少祝寿词就是献给帝王或者太后、皇后的，这无疑刺激了宋代词人的创作热情。其二是宋代的城市经济和城市生活达到了较高的程度，为宋词的繁盛营造了丰富的土壤。歌楼瓦肆，亭台舞榭，莫不有宋词的吟唱。其三是宋代音乐文化的高度发展也为宋词的繁盛奠定了坚实的音乐基础，宋代大曲、法曲的制作直接促进了慢曲的产生，而宋徽宗时的音乐机构大晟府更是以制礼作乐为基本职能，不仅制作雅乐，而且谱以歌词，使宋词在音律上更进一层。其四则是文学文体自身发展的趋势使然。词这种文体到宋代才真正成熟和壮大起来。一种新的文体由于它形式和题材的不固定，因而有充分的发展潜能，有创作性的作家敏感地抓住了文学发展的规律，因而将宋词推向了高潮。

宋词经历了几个阶段：北宋初期，词以推衍五代南唐词为主，而时有清俊超拔之语，作词则多令词；北宋中后期，慢词大盛，声色大开，不仅有极富创造力的苏轼和苏门词人，也有追求声律、富赡精工的周邦彦等大晟词人；南宋初期，词人渐有文体的自觉，李清照认为词别是一家，辛弃疾、姜夔以词人自任，一豪放，一幽洁，词有派别，从此而始；南宋中后期，词沿稼轩、白石之途，而分两派，师稼轩者多悲壮豪肆，师白石者多醇雅和厚。至于吴文英、张炎、王沂孙等人，时当南宋末造，咏物求其毕肖，而易代伤乱之情寓于其中，惝恍迷离，有别于前代。

　　宋词之佳者多矣，而优秀之词人每能独辟蹊径，创造出有别于前贤的作品，本书中或能反映一二，此即为宋词之简史，诸君辨之。

傅宇斌<br>2015 年 8 月

# 一　诗庄词媚：宋前词流与词体特征之形成

词别于诗，自宋以来，即以为如此。南宋胡仔《苕溪渔隐丛话》引李清照《词论》云："晏元献、欧阳永叔、苏子瞻，学际天人，作为小歌词，直如酌蠡水于大海，然皆句读不葺之诗尔。"文学史上常以苏轼为"以诗为词"的代表，而李清照则认为宋初词人，即便晏殊、欧阳修等，也不免此病。至于诗词之别，以王国维说得最为显豁。《人间词话》卷下云："词之为体，要眇宜修，能言诗之所不能言，而不能尽言诗之所能言。诗之境阔，词之言长。"关于"要眇宜修"，彭玉平认为"应该是指词体在整体上呈现出来的一种精微细致、表达适宜、饶有远韵的美"（彭玉平《人间词话疏证》）。词自然表现出与诗不同的特质。缪钺在对《人间词话》精读的基础上，提出词与诗不同的特征有四个方面。

一曰其文小。诗词贵用托物比兴，而词中所用之物，往往取其轻灵细巧者。如说地理，多用"远峰""曲岸""烟渚"

"渔汀"等词;说草木,多用"残红""飞絮""芳草""垂杨"等词;说情绪,多用"闲愁""芳思""俊赏""幽怀"等词。词中即便言悲壮雄伟之情,也多用细微之物。如辛弃疾《摸鱼儿》词,痛伤国事,自慨身世,而其结句云:"休去倚危栏,斜阳正在,烟柳断肠处。"仍托意于"危栏""烟柳"等微物,以发其激宕怨愤之情。

二曰其质轻。所谓质轻者,非谓其意浮浅,而是极沉挚之思,表达于词,亦出之以轻灵。例如杜甫《羌村》(其一)叙乱后归家之情曰:"妻孥怪我在,惊定还拭泪。世乱遭飘荡,生还偶然遂。邻人满墙头,感叹亦歔欷。"结句云:"夜阑更秉烛,相对如梦寐。"意思沉痛而所蕴极重。晏幾道《鹧鸪天》词,叙与所欢女子久别重遇,则曰:"从别后,忆相逢,几回魂梦与君同。今宵剩把银釭照,犹恐相逢是梦中。"其情与杜甫《羌村》诗中所写相似,而表达于词,较杜之诗,显为轻浅灵动。

三曰其径狭。文能说理叙事,言情写景;诗则言情写景多,有时仍可说理叙事;至于词,则唯能言情写景,而说理叙事绝非所宜。例如辛弃疾《踏莎行》中"进退存亡,行藏用舍,小人请学樊须稼。衡门之下可栖迟,日之夕矣牛羊下"在词中终属少见,而且呵责者多。实因为词为中国文学体裁中之最精美者,幽约怨悱之思,非此不能达,然亦有许多材料及辞句不宜入词。其体精,故其径狭。

四曰其境隐。诗虽贵比兴,多寄托,然其意绪犹可寻绎。至于词人,率皆灵心善感,酒边花下,一往情深,感触于中者,往往凄迷怅惘,哀乐交融,于是借此要眇宜修之体,发其幽约难言之思，而显寄兴渊微之情（缪钺《诗词散论·论词》）。

王国维、缪钺等人的看法实际上是中国古代学者词体认识的延续。明人李东琪说"诗庄词媚，其体元别"（王又华《古今词论》）。这正是古人对词的典型性认识。翻开千年词史，占据词坛主流的一直是富含婉约特征的词人和词作。这种特征的形成可以一直追溯到词的产生之初。

## 1 中唐《竹枝词》与早期小令的风格

词的起源有很多种说法。有的说源于《诗经》，有的说源于古乐府，也有的说来源于唐五言、七言诗，还有的说源于燕乐，以及来源于酒令或者泛声说等。不管哪一种说法，其核心源头都离不开音乐或者民间诗歌（梁荣基《词学理论综考》）。

词的音乐来源是隋唐时期中原音乐、南方音乐和西域音乐相互交融形成的燕乐。当时燕乐的曲调主要保存在崔令钦《教坊记》一书中，这些曲调后来演变为唐五代词调的有79曲。而中唐以来的词从产生之初即有文人词和民间词两种形式。民间词大部分收录在《敦煌曲子词集》中，文人词多收录在《全唐诗》中。自民国以来，不断有学者整理搜集唐及五代的词作。集大成的总集是曾昭岷、曹济平、王兆鹏、刘尊明所编的《全唐五代词》。

早期词的题材和风格都是十分丰富多样的。以敦煌词而言，"有边客游子之呻吟，忠臣义士之壮语，隐君子之怡情悦志，少年学子之热望与失望，以及佛子之赞颂，医生之歌诀"（王重民《敦煌曲子词集·序》）。有名的文人词，也大都清新明朗。那为什么词史的主流走向了婉约一面呢？俞平伯说："词的发展本有两条路线：一、广而且深（广深），二、深而不广（狭深）。在当时的封建社会里，受着历史的局限，很不容易走广而且深的道路，它到文士们手中便转入狭深这一条路上去，因此就最早的词的文学总集《花间》来看，即已开始走着狭深的道路。"（俞平伯《唐宋词选释·自序》）

俞平伯认为词的婉约风格的奠定从《花间集》开始。实际上，自中唐文人介入词体创作始，词体的婉约特性和它儿女情长的主题即已彰显。最有名的是刘禹锡和白居易的《杨柳枝》和《竹枝》词。

《杨柳枝》（或名《柳枝》）词是五代以前文人创作最多的词调（据《全唐五代词》正编卷一《唐词》、副编卷一《唐五代作品》统计）。关于《杨柳枝》词调的演奏及歌舞的情形，白居易有《杨柳枝二十韵诗》进行描写："绣履娇行缓，花筵笑上迟。身轻委回雪，罗薄透凝脂。笙引簧频暖，筝催柱数移。乐童翻怨调，才子与妍辞。便想人如树，先将发比丝。风条摇两带，烟中贴双眉。……唳鹤晴呼侣，哀猿夜叫儿。玉敲音历历，珠贯字累累。袖为收声点，钗因赴节遗。重重遍头别，一一拍心知。"从白居易的描写我们可以看出，《杨柳枝》曲是十分轻柔幽怨的。实际上，唐代《杨柳枝》曲均为此类风格。王仲闻在《南唐二主词校订》中考订李煜《柳枝》（风情渐老）一词时说："煜此作之风调柔婉沉密，与唐辞《杨柳枝》之风调正符。"

白居易和刘禹锡都写了不少《杨柳枝》词，白居易作有10首，刘禹锡作有12首，风味基本相似，我们各录1首如下：

# 一 诗庄词媚：宋前词流与词体特征之形成

依依袅袅复青青，勾引春风无限情。白雪花繁空扑地，绿丝条弱不胜莺。（白居易）

花萼楼前初种时，美人楼上斗腰肢。如今抛掷长街里，露叶如啼欲恨谁？（刘禹锡）

上首词春思缠绵，美人娇弱无限，如怨如诉，令人生怜。下首词写弃妇怨尤之态，宠而后衰，炎凉悲景，于此见之。

《竹枝词》为刘禹锡贬谪夔州时据巴蜀民间歌曲而作。这一词调风格，据刘禹锡言，"含思宛转，有淇濮之艳"。后来苏轼也说："《竹枝歌》本楚声，幽怨恻怛，若有所深悲者。"由此可见，《竹枝词》为爱情歌曲，抒发男女心志难通之情。刘禹锡连作9首，录2首如下：

其一

山桃红花满上头，蜀江春水拍山流。花红易衰似郎意，水流无限似侬愁。

其二

杨柳青青江水平，闻郎江上唱歌声。东边日出西边雨，道是无晴还有晴。

很多学者解释刘禹锡《竹枝词》，都说它们清新流丽，明快浅近。其实联系其声调，这组词恰恰哀怨深悲，惆怅莫名。上首词以灿烂之红花，奔流之春水起兴，其景似乎绚丽，而三、四句以易衰之花红比情郎之情薄，以不停之江水比女子之愁肠，正表现出男儿薄幸无常之态，女子痴心错付之悲。下首词写情窦初开之少女，闻郎江上歌声，心中似喜似疑，愁虑、眷恋以及淡淡的忧伤、羞涩表露无遗。

早期文人进行词的创作的时候，并没有明确的词体意识。他们大体是把词当作可歌的诗。夏承焘说："词之初起，若刘、白之《竹枝》、《望江南》，王建之《三台》、《调笑》，本蜕自唐绝，与诗同科。"（夏承焘《唐宋词字声之演变》）正因为如此，他们作词有时会兴之所至，表现他们诗歌中常用的题材和主题。如韦应物《调笑令》：

胡马，胡马，远放燕支山下。跑沙跑雪独嘶，东望西望路迷。迷路，迷路，边草无穷日暮。

这首词写边塞胡马，通过胡马迷路的焦急状态，曲折地表现征人的孤独、痛苦、忧烦的心情。

晚唐文人始有大规模的双调词创作。托名李白的《菩萨蛮》《忆秦娥》两首词气象十分高远。《菩萨蛮》词苍茫、空寞，有一种无边的落拓失遇之感。《忆秦娥》词博大、深沉，带有悲凉、壮阔之感。二词如下：

**菩萨蛮**

平林漠漠烟如织，寒山一带伤心碧。瞑色入高楼，有人楼上愁。

　　玉阶空伫立,宿鸟归飞急。何处是归程?长亭连短亭。

### 忆秦娥

　　箫声咽,秦娥梦断秦楼月。秦楼月,年年柳色,霸陵伤别。

　　乐游原上清秋节,咸阳古道音尘绝。音尘绝,西风残照,汉家陵阙。

李白《菩萨蛮》(平林漠漠烟如织)

## 2 宠玩与艳情：温、韦与《花间集》

唐代社会，自中唐以后，政治日趋腐败，社会生活侈靡享乐之风日涨，文风也趋于艳冶浮靡。这种现象晚唐后尤甚。宋初王禹偁说："文自咸通后，流散不复雅，因仍历五代，秉笔多艳冶。"（王禹偁《小畜集》）晚唐"香奁体"诗也十分盛行。

除政治、经济、社会方面的影响外，女乐或者歌妓制度对晚唐五代词的风格形成也有很大影响（沈松勤《唐宋词社会文化学研究》）。一方面，歌妓在词体创作和传播过程中具有不可替代的作用。词产生之初，作为一种消费性文体，它是发生在酒筵歌席之上，正如《花间集序》所言"则有绮筵公子，绣幌佳人，递叶叶之花笺，文抽丽锦；举纤纤之玉指，拍按香檀"。另一方面，由于词的应酬性功能和女乐的柔婉妩媚，词的风格也必然倾向于宛转柔美。此外，歌妓社会地位的低下以及她们可转让、可买卖的特征，也导致词的艳情性，而这些歌妓也只是作为宠玩体现在词中。这种现象一直持续到了宋代（伊沛霞《内闱》）。

《花间集》是词史上最早的一部总集，它较为集中地体现了晚唐五代词人对女性身体的关注。例如其中的代表词人温庭筠、韦庄的词。

温庭筠（约812~866），太原祁县（今山西祁县）人，晚唐著名诗人，其诗以秾艳精巧著称，与李商隐并称"温李"。《花间集》收录其词66首。其中涉及女性体貌或闺中情事描写的占绝大多数。如以下几首词作。

## 一 诗庄词媚：宋前词流与词体特征之形成

### 菩萨蛮 其一

小山重叠金明灭，鬓云欲度香腮雪。懒起画蛾眉，弄妆梳洗迟。

照花前后镜，花面交相映。新帖绣罗襦，双双金鹧鸪。

### 其二

水精帘里颇黎枕，暖香惹梦鸳鸯锦。江上柳如烟，雁飞残月天。

藕丝秋色浅，人胜参差剪。双鬓隔香红，玉钗头上风。

### 其三

竹风轻动庭除冷，珠帘月上玲珑影。山枕隐浓妆，绿檀金凤凰。

两蛾愁黛浅，故国吴宫远。春恨正关情，画楼残点声。

这三首词纯以白描取胜。诸篇均以冷静客观之笔赋写美人临妆之姿态，而无情感溢于词外。所以张惠言论温庭筠词"深美闳约"（张惠言《词选》），刘熙载论温词"精妙绝人"（刘熙载《词概》），周济则说"飞卿酝酿最深，故其言不怒不慑。……飞卿则神理超越，不复可以迹象求也"（周济《介存斋论词杂著》）。这三首词无疑典型地体现了前人的这些论述。第一首词写闺中女子娇慵无聊之态和人面如花之美，在活色生香的描述中，隐喻女子的孤独哀怨。第二首词先写闺房中氤氲暧昧的气氛，再写春梦醒来的如花女子，有迷离恍惚之美。第三首词没有对女子体貌直接之描写，而是从寂静冷寞之闺房着笔，由外入内，隐见明艳女子之妆饰，后转写女子之春恨，以"画楼残点声"作结，更展现出深闺女子之幽怨难明。

温庭筠《菩萨蛮》（小山重叠金明灭）

当然，温庭筠词并非都是含蓄精致的风格，也有直接明快之作。如《南歌子》之一：

> 手里金鹦鹉，胸前绣凤凰。偷眼暗形相。不如从嫁与，作鸳鸯。

也有一往情深之作,如《梦江南》之一:

梳洗罢,独倚望江楼。过尽千帆皆不是,斜晖脉脉水悠悠。断肠白蘋洲。

韦庄(836~910),京兆杜陵(今陕西西安)人。唐昭宗时进士,唐亡后入蜀为宰相。为晚唐名家,工诗,有《浣花集》。词与温庭筠齐名,号称"温韦"。《花间集》录其词47首。

韦庄词风格与温庭筠迥然不同。周济说:"飞卿下语镇纸,端己揭响入云,可谓极两者之能事。"又说:"端己词清艳绝伦。初日芙蓉春月柳,使人想见风度。"(周济《介存斋论词杂著》)可见韦庄词大体是清新明丽的。

韦庄词中多有表现女子春思柔情之作。如《浣溪沙》两首:

清晓妆成寒食天,柳毬斜袅间花钿,卷帘直出画堂前。
指点牡丹初绽朵,日高犹自凭朱栏,含嚬不语恨春残。

惆怅梦余山月斜,孤灯照壁背红纱,小楼高阁谢娘家。
暗想玉容何所似,一枝春雪冻梅花,满身香雾簇朝霞。

在温庭筠的作品中,对女性的描写多是静态客观的。而在韦庄的词作中,对女性身体的描摹退居次要地位,对周遭景物的描写占更多的篇幅,而女性的情思和美貌往往一笔提起,却经常达到画龙点睛的效果。如第一首末句"含嚬不语恨春残",第二首末两句"一枝春雪冻梅花,满身香雾簇朝霞"将女子的娇柔清美之姿表现得如醉如痴。

韦词中的女子常有鲜明的情感体现,用叶嘉莹先生的话说,"温词客观,韦词主观,温词予人感发在美感之联想,韦词予人感发在感情之品质"(叶嘉莹《迦陵论词丛稿》)。如下面两首:

### 思帝乡

春日游,杏花吹满头。陌上谁家年少足风流?

妾拟将身嫁与一生休。纵被无情弃,不能羞。

### 木兰花

独上小楼春欲暮,愁望玉关芳草路。

消息断,不逢人,却敛细眉归绣户。

坐看落花空叹息,罗袂湿斑红泪滴。

千山万水不曾行,魂梦欲教何处觅?

第一首词中情感之决绝在历代爱情词中实为罕见,第二首词则似开启宋代二晏"欲寄彩笺兼尺素,山长水阔知何处"(晏殊句)、"梦入江南烟水路,行尽江南,不与离人遇"(晏幾道句)等言情之句。

韦庄词中也有鲜明的男性特征,词中男子或为他乡之客,或为情深男子,或为及时行乐之风流公子。如以下几首:

### 菩萨蛮

人人尽说江南好,游人只合江南老。春水碧于天,画船听雨眠。

垆边人似月，皓腕凝双雪。未老莫还乡，还乡须断肠。

### 女冠子 二首

四月十七，正是去年今日，别君时。忍泪佯低面，含羞半敛眉。

不知魂已断，空有梦相随。除却天边月，没人知。

昨夜夜半，枕上分明梦见，语多时。依旧桃花面，频低柳叶眉。

半羞还半喜，欲去又依依。觉来知是梦，不胜悲！

### 河传

春晚，风暖，锦城花满。狂杀游人，玉鞭金勒，寻胜驰骤轻尘。惜良晨。

翠娥争劝临邛酒，纤纤手。拂面垂丝柳。归时烟里，钟鼓正是黄昏。暗消魂。

韦庄《菩萨蛮》词共五首，所选为其一。关于这首词，陈廷焯评云："一幅春水画图。意中是乡思，笔下却说江南风景好，直是泪溢中肠，无人省得"（陈廷焯《白雨斋词话》）。《女冠子》二首在早期词史中可说是别调。两首词构成一组联章词，都以叙述性语调表现男主人公对情人的思念，时间、人物、场景、动作，历历在目，仿佛一幕情景短剧，将恋人之间久别无望的深情、悲伤渲染到了极致。《河传》则将晚唐以来士人追蜂逐蝶的浪荡公子的形象一览无遗地表现出来。"狂杀""寻胜""惜良晨""争劝"等词所体现出来的恣肆无端在词史中同样是别样的审美情致。

《花间集》其他词人多受温、韦影响,或以秾丽绵密见长,如顾敻、牛峤、毛文锡等人,或以疏朗淡雅见胜,如孙光宪、李珣等。两种风格各列一首如下。

## 醉公子
### 顾敻

漠漠秋云淡,红藕香侵槛。枕倚小山屏,金铺向晚扃。睡起横波慢,独望情何限。衰柳数声蝉,魂销似去年。

## 风流子
### 孙光宪

茅舍槿篱溪曲。鸡犬自南自北。菰叶长,水蓼开,门外春波涨绿。听织,声促。轧轧鸣梭穿屋。

顾敻词,《花间集》收录多达55首,李冰若《栩庄漫记》认为其词风"大体固以飞卿为宗"。《醉公子》此词,陈廷焯《白雨斋词话》评云"字字呜咽"。此词笔法极近温庭筠,上阕写深秋肃冷之景,下阕写女子慵懒落寞之情,结句复以高秋凉蝉,呼应上阕萧飒之意,"魂销似去年"则点出女子凄清孤独之怀,与景正相契合。全词亦为客观之描摹,情感则较温氏为深。

孙光宪词,《花间集》收录61首,仅次于温庭筠。其词风更近于韦庄。《风流子》此词展现的是一幅水乡村织图的画面,在五代词中可说是别调。风格清新明丽,让人感受到农村生活的恬静和自得之乐。这种风格的独特,使一些学者认为"孙光宪词有他自己的特色——不同于温、韦的特色,似也可成一派"(詹安泰《宋词散论》)。

## 3　士大夫之词:冯延巳与南唐二李

　　南唐词风与花间词风不同,前人早已指出。王国维《人间词话》评论冯延巳词时说:"冯正中词,虽不失五代风格,而堂庑特大,开北宋一代风气。与中后二主词皆在《花间》之外。"评李煜词时又说:"词至李后主而眼界始大,感慨遂深,遂变伶工之词而为士大夫之词。"

　　南唐词何以不同于西蜀词,而具有忧患感伤色彩的士大夫意识?刘扬忠的《唐宋词流派史》对此有较好的论述。他认为有三点原因:一是南唐的中心地带——扬州地区源远流长的歌舞艺妓传统和扬州文化崇尚风雅的特质;二是南唐在五代十国时的地理位置和政治处境导致南唐词创作中的忧患危苦基调;三是南唐三代君臣文人集团的文化品位和审美素养都远高于西蜀君臣。诚然,从五代词对后世的影响来看,南唐词确立了此后词风嬗变的基本轨迹。以北宋初期诸名家言,晏殊、欧阳修、张先、晏幾道等人,无不受了南唐词之影响。

　　南唐最重要的词人当是冯延巳。冯延巳(904~960),字正中，广陵人。事南唐三世，后主时屡为宰相，有词百余阕，其外孙陈世修为之编定《阳春集》。

冯延巳词集温庭筠、韦庄两家之长，一方面以深婉含蓄之笔，使人产生丰富的联想；另一方面情感之浓挚哀婉，予人强烈的感动。用叶嘉莹先生的话来说，冯延巳词具有盘旋沉郁的特点。如他著名的《鹊踏枝》词，就鲜明地体现了这一特点，录其中三首如下：

### 其一

梅落繁枝千万片，犹自多情，学雪随风转。昨夜笙歌容易散，酒醒添得愁无限。

楼上春山寒四面，过尽征鸿，暮景烟深浅。一晌凭栏人不见，鲛绡掩泪思量遍。

### 其二

谁道闲情抛掷久？每到春来，惆怅还依旧。日日花前常病酒，不辞镜里朱颜瘦。

河畔青芜堤上柳，为问新愁，何事年年有？独立小桥风满袖，平林新月人归后。

### 其三

几日行云何处去？忘了归来，不道春将暮。百草千花寒食路，香车系在谁家树？

泪眼倚楼频独语，双燕飞来，陌上相逢否？撩乱春愁如柳絮，悠悠梦里无寻处。

第一首词在结构上颇具匠心，已可见冯延巳之词不同于温、韦。他并不像《花间集》词人一样，写情词多上阕写景和事，下阕言情，冯延巳此词则景、事、情三者融合无间。上、下阕各五句，均为前三句写景，第四句写事，末句抒情，很容易让读者认为词中主人公的情绪是弥漫在周围的景物和情事之中的。如此词首三句以拟人之手法写多情之落梅，学白雪之随风飘转，留恋缱绻之意甚足，由此留恋盘桓之景过渡到第四句易散之笙歌，则人事之繁华终归落寞，而主人公之愁极无端也得以展现。下阕言愁，然而并不像韦庄一样直揭愁端，仍是先写景，"山寒""征鸿""暮景"几词将早春之寒峭、诗人内心之孤寂渲染无遗。末句则将愁意点出，念之深而悲之切，将女子内心的绝望、悲凄全然表现出来。

第二首词则全为情感之盘旋深曲，句句哀情，字字惊心。上阕纯为抒情，不仅表现主人公落寞悲痛，也表现出主人公情感之决绝。"日日花前常病酒，不辞镜里朱颜瘦"比柳永之"衣带渐宽终不悔，为伊消得人憔悴"有过之而无不及。至于一个"闲"字更将此情之无着落、内心深处隐微的情感表露无遗。下阕继续表现主人公之执着，明知无望之等待却始终难以放弃，愁思正如春草，年复一年滋生，写到此，我们已可感受到主人公深痛难名之心曲了。末两句宕开写景，此景却实因情发，主人公独立桥头，春寒鼓袖，直至月上柳梢。景固凄寒，而情感的孤伶无依、哀怨愁肠在这种场景之中得到升华。这首词最为典型地体现了冯延巳词的特征。愁属何端？主人公究是何人？其情感指向何在？甚至景物的描写也多带有模糊性，所以清人张惠言说冯延巳词有"忠爱缠绵"之意。因为其情感的深度可以让我们联想到屈原《离骚》中所说的"亦余心之所善兮，虽九死其犹未悔"的执着忠君情怀。

第三首词结构与之前又有不同。上阕写事，下阕抒情，与花间词更多相似，感情的浓度却较《花间集》为深。此词延续了传统爱情诗词中的等待主题，开篇即以女性想象的视角来展开情感的过程。以"行云"为喻，正看出女性对男性行踪的不可确定和幽怨之情。"百草千花"可有两种解释：一为风月场中妓女之代称，则男主人公眠花宿柳，而不知家有女主人公之等待，则此女主人公之哀凄正由此见之；一为迷途歧出之径，女主人公于百草千花中辗转寻其良人而不可得，则女主人公之坚定和落寞于此可见。所以陈秋帆《阳春词笺》评此词云："按此词牢愁郁抑之气，溢于言外。"下阕将此无益之相思和无望之期待愈转愈深。结句"悠悠梦里无寻处"更将女主人公之绝望刻画得淋漓尽致，沉郁流转、肝肠寸断之愁苦无以复加地表现出来了。

清人刘熙载评冯延巳词云："冯延巳词，晏同叔得其俊，欧阳永叔得其深。"（刘熙载《词概》）上面三首词极尽深婉含蓄之美，下面这首词则颇见冯延巳词之清俊明丽。

### 谒金门

风乍起，吹绉一池春水。闲引鸳鸯香径里，手挼红杏蕊。

斗鸭阑干独倚，碧玉搔头斜坠。终日望君君不至，举头闻鹊喜。

此词实写少女情事，共八句。前六句都是白描，写得十分活泼生动，将荡漾的春波和涟漪微动的芳心刻画得浏亮而细腻。上阕之"闲"字和下阕之"独"字将女子相思之苦尽情地抒发出来。"闲引鸳鸯"表现出了心中的悸动不安，"阑干独倚"表现出了等待的漫长和心中的孤独寂寞。这种等待是否有结果呢？末句"举头闻鹊喜"揭示了答案，良人即将到来，女子的相思终有圆满的结果。所以这首词将女子从无聊寂寞到愁苦相思，再到终得一见的喜悦都一览无遗地呈现出来了。

冯延巳的词风在很大程度上影响了李璟和李煜。冯延巳比李璟大13岁，比李煜大34岁，故刘扬忠以为"冯延巳的词风在南唐词人中，尤其在中主、后主那里极具示范作用和艺术感染力"（刘扬忠《唐宋词流派史》）。从李璟、李煜词的主导风格来看，这种影响是显而易见的。

李璟（916~961），字伯玉，江苏徐州人，南唐中主，存词仅4首，评价却高。如下面两首：

### 浣溪沙　二首

菡萏香销翠叶残，西风愁起绿波间。还与容光共憔悴，不堪看。

细雨梦回鸡塞远，小楼吹彻玉笙寒。多少泪珠何限恨，倚阑干。


手卷真珠上玉钩，依前春恨锁重楼。风里落花谁是主，恨悠悠。

青鸟不传云外信,丁香空结雨中愁。回首绿波三楚暮,接天流。

王安石极赏"细雨梦回鸡塞远,小楼吹彻玉笙寒"两句,陈廷焯则赏"还与容光共憔悴,不堪看"句,认为"沉之至,郁之至,凄然欲绝。后主虽善言情,卒不能出其右也"(陈廷焯《白雨斋词话》)。王国维推崇首两句,认为有"众芳芜秽,美人迟暮"之感(王国维《人间词话》)。不管如何,这首词无论是情感、意境和造辞设句,都得到前人高度肯定。其主题无非是女子对征夫之思念。然而其风格,正如叶嘉莹所说:"南唐的词风特别富于兴发感动作用的,就是眼前身旁的那种微小的景色的变动,引起他内心的一种活动"(叶嘉莹《唐宋词十七讲》)。故第一首词前两句有起兴的作用,凋残的美丽事物引起主人公对美好韶华易逝的感伤。这种不得与良人共度春光的愁思无疑加大了女子对生命消逝的忧伤。

第二首词陈廷焯评为"绮丽芊绵"。从前面六句看,确实如此。这首词的风格颇似冯延巳,情、景、事融成一片,几无痕迹。前两句写女子登上重楼,手卷珠帘,春恨依然。接着写重楼所见,以景宕开,而愁思绵绵不绝。下阕起句似虚还实,青鸟不传情书,见出男子无情,而女子仍然痴情之意。雨中丁香,残红飘香,一个"空"字将此美人迟暮,却无人牵系之悲苦发散出来。末句收束情感,以茫茫江景作结,将主人公苍茫之愁绪扩散开来。所以唐圭璋评价此词说"通首一气蝉联,刀挥不断,而清空舒卷,跌宕昭彰,洵可称词中神品"(唐圭璋《唐宋词简释》）。

李煜（937～978），字重光，南唐后主，降宋，封违命侯，后为宋太宗赐牵机药毒毙。擅诗词，精音乐，嗜佛教。词流传至今30余首，王仲闻将其词与中主词合订为《南唐二主词校订》。

李煜词有前后期之别。前期李煜尚为人主，其词流连风月，恣意风流。如下面两首：

### 玉楼春

晚妆初了明肌雪，春殿嫔娥鱼贯列。笙箫吹断水云闲，重按霓裳歌遍彻。

临风谁更飘香屑，醉拍阑干情味切。归时休放烛花红，待踏马蹄清夜月。

### 菩萨蛮

花明月暗笼轻雾，今宵好向郎边去。刬袜步香阶，手提金缕鞋。

画堂南畔见，一晌偎人颤。奴为出来难，教郎恣意怜。

第一首词描写宫廷享乐生活的场景。这类题材在古代诗歌中并不少见，如梁简文帝萧纲《咏舞诗》："可怜称二八，逐节似飞鸿。悬胜河阳伎，闱与淮南同。入行看履进，转面望鬟空。腕动苕华玉，衫随如意风。上客何须起，啼乌曲未终。"不同于萧纲对舞女体态和舞技的描写，李煜此词更多地着力在欣赏者的感官体会上。故宫女肌雪之明艳，侧重视觉的享受，笙箫绕梁侧重听觉的享受，月夜纵马则是身体各种感官作用的释放。在一首词作中这样丰富地表现人的感官享受，不仅在诗作中罕见，在词中也是微乎其微。因此叶嘉莹评价说："李后主词最大的特色，就是因为他没有节制、没有反省的投注，才最富于感发的力量。"（叶嘉莹《唐宋词十七讲》）这种纵肆享乐的力量用王国维的话来说就是"眩惑"之美。同样，后一首词也鲜明地体现了作为一代君王在爱情词上的开创性。不少学者认为这首词是写小周后事，就此词而言，实写男女幽会主题。所述似为女子心语，又有情景之白描，作法与之前情诗情词有异。末句直露之语，直逼南朝乐府，虽俗而不谑，情感可说深挚。

李煜前期词也有缠绵婉转之作，如：


### 捣练子令

深院静，小庭空，断续寒砧断续风。无奈夜长人不寐，数声和月到帘栊。


### 清平乐

别来春半，触目愁肠断。砌下落梅如雪乱，拂了一身还满。

雁来音信无凭，路遥归梦难成。离恨恰如春草，更行更远还生。


李煜此类词作极近冯延巳词风。《捣练子令》词通篇浑融一体，情境幽深寂寥。五句中仅"无奈夜长人不寐"透露了女主人公的情绪，夜长不寐，当有所思，故虽明月侵帘，却更显清冷之感，含而不露，更增惆怅。《清平乐》上阕写景，下阕抒情，似无特别之处。然而其意境的浑融，情感的饱满和语言方面的张力却是超越前人的。上阕写落花中人，触目伤春，本属常情。然而其他惜花伤春之词多从残落之花引及伤春之恨，此词却是塑造了一种生命凋伤的残缺之美。落梅如雪，已见哀婉，雪梅中人，其情是哀？是冷？是弱？是空？人与自然的浑然一体，形成了圆融清婉的境界。下阕末句虽有冯延巳"河畔青芜堤上柳，为问新愁，何事年年有"之趣味，但冯作为长时间的持续感受，李作则为瞬间的感受。从描写的力度来说，李煜此句是更有冲击力的。

后期李煜则为降虏，幽居度日，性命难保，国愁家恨，哀感深沉之作为多。如以下几首：

### 虞美人

春花秋月何时了，往事知多少？小楼昨夜又东风，故国不堪回首月明中！

雕栏玉砌应犹在，只是朱颜改。问君能有几多愁？恰似一江春水向东流。

### 相见欢

林花谢了春红，太匆匆！无奈朝来寒雨晚来风。　　胭脂泪,相留醉,几时重?自是人生长恨水长东!

叶嘉莹评述李煜词云:"李后主的词带着一种强大的感发的生命,让我们所有人都认识到无生跟无常的这一面。"这在李煜后期词中尤表现得明显。《虞美人》词表现的是亡国之君对故国的思念,这是一个沉重的主题,在之前词作中并没有出现。所以王国维说,自李后主后,词的眼界始大,变伶工之词为士大夫之词是有一定道理的。在这首词中,人生的无常,历史的迷失,情感的愁悔、无奈、迷茫交织在一起。思想内容是复杂、丰富的,而在意象使用上,却是用明亮、清越、壮阔之词,如"春花""秋月""东风""月明""春水"等,以清新明丽深阔之词表现迷茫、悔怨、无常之情,形式和内容之间构成一种巨大的张力,因而风格有一种吞咽之美,显得沉郁顿挫。《相见欢》的风格同样如此,以大开大阖之笔表现凄婉沉痛之情。其选择的物象都是鲜明的,用词的语气多是坚决的。故如胭脂之春红,晚风寒雨之催泪,长东之流水,无不鲜明有力,而"太匆匆""无奈""几时""自是"等语无不决绝痛快。俞平伯评此词云:"气度雄肆,虽骨子里笔笔在转换,而行文以浑然元气。"(俞平伯《读词偶得》)

李煜以亡国之君而作小词,词中情感的深沉和丰富、风格的卓异特出,的确预示了宋词高潮的到来。

## 二　南唐词之流衍：
## 晏、欧与宋初词坛

宋初词坛，差不多有60年的沉寂，据刘扬忠统计，在晏殊、柳永登上词坛之前，约有17位词人，《全宋词》收录他们的作品仅45首。这与西蜀、南唐词人不到50年的创作数量简直不可同日而语。至于沉寂的原因，刘扬忠认为一方面是王朝更替对文学的冲击作用，另一方面是文学发展的相对滞后。宋初的词风，大体上是沿袭南唐，当然，在主题和题材上也已经出现了新的因素（刘扬忠《唐宋词流派史》）。

王国维评冯延巳词："冯正中词，虽不失五代风格，而堂庑特大，开北宋一代风气。"（王国维《人间词话》）此虽从大者言之，然而具体到北宋初期词，亦属确当。首先，宋初词臣，多取之南唐，据《南唐书》记载，宋太祖平定南唐后，南唐文人多为所用，南唐文籍归诸馆阁，为宋廷藏书主要来源。南唐文臣徐铉、徐锴、乐史、张洎、刁衎等人甚至依然为宋朝重臣，他们对宋初文风的影响可谓巨大。其次，宋初文人已有雅化倾向，对于艳俗之曲多持贬斥态度，这或许与儒家传统伦理和士大夫意识的回归有关。刘扬忠注意到，从宋初以来文人便有意识地用士大夫的的审美理想和风雅意识去改造和提高小词，使它即使免不了表现情爱与女色，也要由俚俗淫靡变为雅致含蓄。最后，冯延巳词为最早编集之南唐词，且广为流传。据王兆鹏的《词学史料学》记载，冯延巳的《阳春集》在北宋时即有三种版本存世，晏殊亦曾亲睹冯氏家藏本。这与北宋所存其他唐五代词别集比，确属最多。冯延巳词之影响更不待言，龙榆生谓"延巳在五代为一大作家，与温、韦分鼎三足，影响北宋诸家者尤巨。南唐歌词种子，向江西发展，辙迹可寻，冯氏实其中心人物，治词史者所不容忽也"（龙榆生《龙榆生词学论文集》）。

宋初词人虽绍袭南唐，但在主题的开拓上，多有佳作。如王禹偁《点绛唇》词，已经摆脱了儿女私喁之态，个人侘傺无聊之情诉诸笔下：

**点绛唇　感兴**

雨恨云愁，江南依旧称佳丽。水村渔市，一缕孤烟细。

天际征鸿，遥认行如缀。平生事，此时凝睇，谁会凭阑意。

陈尧佐则有宋代最早的咏物词，其《踏莎行》咏春燕云：

二社良辰，千家庭院，翩翩又见新来燕。凤凰巢稳许为邻,潇湘烟暝来何晚。

乱入红楼,低飞柳岸,画梁时拂歌尘散。为谁归去为谁来,主人恩重珠帘卷。

陈亚《生查子》词以药名咏闺情,开创后代俳谐词之风气,录其一如下:

相思意已深,白纸书难足。字字苦参商,故要槟郎读。
分明记得约当归,远至樱桃熟。何事菊花时,犹未回乡曲。

完全跳出《花间集》、南唐词习气的,则有潘阆、范仲淹、沈邈等若干词作。潘阆(?~1009),号逍遥子,以隐士闻名。有《酒泉子》10首,系追念西湖名胜之作,摘录其中一首如下:

长忆西湖,尽日凭栏楼上望,三三两两钓鱼舟。岛屿正清秋。
笛声依约芦花里,白鸟成行忽惊起。别来闲整钓鱼竿,思入水云寒。

范仲淹(989~1052),字希文,北宋名臣。词存5首,最著者为《渔家傲》词,欧阳修称之为"穷塞主之词",极尽悲壮苍凉:

塞下秋来风景异,衡阳雁去无留意。四面边声连角起。千嶂里,长烟落日孤城闭。

浊酒一杯家万里,燕然未勒归无计。羌管悠悠霜满地。人不寐,将军白发征夫泪。

沈邈,生卒年不详,庆历初年为侍御史,与范仲淹同时,性疏简,存《剔银灯》词两首,皆为忆营妓所作,却不涉入艳情,反有离合沧桑之感,录其一:

江上秋高霜早,云静月华如扫。候雁初飞,啼螀正苦,又是黄花衰草。等闲临照,潘郎鬓、星星易老。

那堪更、酒醒孤棹。望千里、长安西笑。臂上妆痕,胸前泪粉,暗惹离愁多少。此情谁表,除非是、重相见了。

# 1  一向年光有限身:晏殊与《珠玉词》

薛砺若《宋词通论》将宋词分成六期,晏殊为第一期代表词人。冯煦《蒿庵词论》中评价晏殊为"北宋倚声家初祖"。晏殊以太平宰相之身,执柄文坛,确为当时领袖,对小令词向更精致、典雅的方向发展起了重要作用。

晏殊(991~1055),字同叔,谥元献,江西临川人。其少有神童之誉,14岁举进士,历仕显职,一度任宰相之职并兼枢密使,集行政、军事大权于一身。其仕途中,虽遭几次贬谪,但多谪于富庶之地，且为一方大员，并仍兼清要之职。可以说，晏殊一生得尽君王殊荣，故有人以"富贵宰相"称之。其诗文据说有200多卷，但仅存100来篇，词集名《珠玉词》，收词139首，今人张草纫著有《珠玉词笺注》（与其所著《小山词笺注》合为一书，名《二晏词笺注》，上海古籍出版社，2008）。

晏殊词的内容相对单一，无非是男女相思之情，但其表现手法相当丰富，蕴含的情思也十分蕴藉、深沉。叶嘉莹认为晏殊词有四点特色：一是晏词中所表现的情中有思的境界；二是晏词中特有的一份闲雅的情调；三是晏词中所表现的伤感中又具旷达的怀抱；四是写富贵而不鄙俗，写艳情而不纤佻（叶嘉莹《迦陵论词丛稿》）。第一、第四点在冯延巳词中已有鲜明反映，第二、第三点在词中的体现，各录一词如下：

### 清平乐

金风细细，叶叶梧桐坠。绿酒初尝人易醉，一枕小窗浓睡。

紫薇朱槿花残，斜阳却照阑干。双燕欲归时节，银屏昨夜微寒。

### 破阵子

湖上西风斜日，荷花落尽红英。金菊满丛珠颗细，海燕辞巢翅羽轻，年年岁岁情。

美酒一杯新熟，高歌数阕堪听。不向樽前同一醉，可奈光阴似水声，迢迢去未停。

叶嘉莹说《清平乐》词"所表现的，只是在闲适生活中的一种优美而纤细的诗人的感觉"。而由《破阵子》词，"可以看出大晏在现实的无常的悲苦中，虽也不免于伤感，然而他却既有着安于现实的达观，也有着面对现实的勇气"。晏殊对于周边的事情的确是敏感、细腻的。第一首词中，轻风的吹拂、树叶的飘零、残败的红花构成伤感凄清之景，而对景清酌，伴窗小睡，斜倚阑干却见出主人公之清雅。第二首词在对生命凋逝的感伤中试图用高歌、美酒来寻求生命维系的价值，故红英落尽、海燕辞巢、光阴似水皆为流逝生命之表征，而新熟美酒、堪听高歌等却是迢迢人生中停留之意趣，也正坐实了叶嘉莹所说对于现实的某种达观和坚守。

当然，晏殊词的主题一直是感伤。除叶嘉莹所说外，晏词还有其他一些特点。首先，晏词的感伤并非是针对某个具体事物的感伤，而往往是针对一种广阔的时空和生命的流转的感伤，因而具有哲学的普世性价值。这即便在他的咏离别之情至为明显的词作中，也有明确的体现。如他著名的《浣溪纱》词二首：

其一

一曲新词酒一杯，去年天气旧亭台。夕阳西下几时回。
无可奈何花落去，似曾相识燕归来。小园香径独徘徊。

其二

一向年光有限身，等闲离别易销魂。酒筵歌席莫辞频。
满目山河空念远，落花风雨更伤春。不如怜取眼前人。

第一首词的主题不过是感时伤春，但并非小女儿姿态的那种哀伤、悲愁。上阕中所布之景皆是回忆重合之景，因而这种回忆无疑显得漫长、浓郁。下阕似要拉回现实中，而旧时燕子与残落之花却构成一种对比，将作者的情绪再度牵回到感伤之中。末句"小园香径独徘徊"将这种感伤和惆怅进一步地固定了。故这首词不管是怀人也好，伤春也罢，其情感的浓度是可以想见的。而且词中没有明确的怀人对象，也没有明确的情感指向，在解释之中就带来了多种可能性。"夕阳西下"是一种时间的消逝，落花则是生命的凋逝，燕子的回归又带有时序的循环。叶嘉莹说这首词体现了晏殊对宇宙的圆融的观照，或许有阐释过度的危险，因为词中更多表现无常的人生和无法把握的存在时空。所以"独徘徊"所表现的沉思是一种极其无奈的、伤感的和颓废的。

第二首词抒写离别之情。同样的，这首词中也是将时光的流走和生命的短暂作为对立物进行思考，浮生欢娱既少，则此种离别足让人销魂。与上首不同的是，作者貌似寻找到了一种解脱的方法，即及时行乐。叶嘉莹认为晏殊在悲苦的现实中找到了一种处置的办法，其实未必。此词下阕即表明在作者的情感中，他并未放下过去。"满目山河空念远，落花风雨更伤春"两句，一以无尽山河为背景，思念不知何所之远人，颇有《长恨歌》"上穷碧落下黄泉，两处茫茫皆不见"之意；一以近在眼前之雨打落花为景，触动此伤春之愁绪。末句"不如怜取眼前人"因而也不是解脱之方，而是煎熬之药，更显揪心。

其次，在晏殊词作中，不管何种主题，经常有阔大意象的展现，因而词中常表现出磅礴苍茫的意境。"满目山河空念

**晏殊《浣溪沙》（一曲新词酒一杯）**

远"已有此意,最著名的是下面这首:

### 蝶恋花

槛菊愁烟兰泣露。罗幕轻寒,燕子双飞去。明月不谙离恨苦,斜光到晓穿朱户。

昨夜西风凋碧树。独上高楼,望尽天涯路。欲寄彩笺兼尺素,山长水阔知何处!

这首词也是写离愁。应当说，晏殊对愁绪的表现是十分经心的。愁菊泣兰，所见之物无不染上愁思。至于明月窥帘，昼晓不休，则见词中主人公的凄凉心境，这两句可以说是"无理而妙"。下阕首三句足称千古名句。王国维认为此是成就大事业、大学问之第一境。虽为读者之阐释，然而其气象高华确有洗尽凡尘之境。此虽言情，而情之动人，惝恍不知所中。

再次，晏殊词中，经常有叙事性手法的体现。与《花间集》中韦庄词叙事不同的是，晏殊词中对于场景或者事件的具体时间并不明确说出，对于男女相会的细节也不着力描写，而他更为重视的是对方最引人注目的技艺特点。这种特点构成回忆中强有力的碎片，足以影响眼前的情绪。如《玉楼春》词：

池塘水绿风微暖，记得玉真初见面。重头歌韵响铮琮，入破舞腰红乱旋。

玉钩阑下香阶畔，醉后不知斜日晚。当时共我赏花人，点检如今无一半！

这首词上阕交待了时间、地点、人物以及事件，叙事的各要素可以说都具备了，但这些要素有些是模糊的。何处的池塘不清楚，时间只知道是以前，"玉真"当然是化名，只知是一美丽的女子，至于事件，并不涉及多人，只是"玉真"动人的歌舞。似乎各种要素都是碎片的组合。下阕当然是从回忆过渡到现实。前两句也是叙事，述现实之场景及人物之状态。末两句抒情，因寂静、凋零之赏乐场面，而产生今昔兴衰之感。

晏殊这类词直接影响到晏几道的创作。

在晏殊词作中，也有一首特别的词，叙事性很强，但它是一首代言体词。传统艳情词中代女性立言之词，着重表现女性的情感和神态，而晏殊的这首词完全是代女子独白，可以说是借他人之酒杯，浇自己之块垒，颇显得奇情壮采。其词如下：

### 山亭柳　　赠歌者

家住西秦，赌薄艺随身。花柳上，斗尖新。偶学念奴声调，有时高遏行云。蜀锦缠头无数，不负辛勤。

数年来往咸京道，残杯冷炙谩销魂。衷肠事，托何人？若有知音见采，不辞遍唱阳春。一曲当筵落泪，重掩罗巾。

## 2　人间自是有情痴：欧阳修与《六一居士词》

晏殊的词总是执着于时间的永恒和人世短暂无常的矛盾之中，他并没有跳出这种秩序的循环，因而总是表现出感伤的气息。与他齐名的欧阳修，则以随性的洒脱、坦荡的胸怀接受并超越了人世痛苦无常的烦恼。

欧阳修（1007~1072），字永叔，号醉翁，晚年号六一居士，谥文忠，江西庐陵人。宋仁宗天圣八年（1030）中进士，官至参知政事。仕宦生涯中，初任西京留守推官，与钱惟演、尹洙、梅尧臣等订交，居洛阳4年。景祐元年（1034），仕京师，任馆阁校勘，景祐三年（1036），因谏官高若讷上疏诋消范仲淹，欧阳修作《与高司谏书》，因之贬谪夷陵令。庆历间，与余靖、蔡襄等同任谏职，参与范仲淹领导的庆历新政，庆历五年（1045），新政失败，欧阳修贬知滁州。此后，转任各地方官，先后知扬州、颍州、应天府。至和元年（1054），归京师任翰林学士兼史馆修撰，此后，升龙图阁学士并知开封府、礼部侍郎、户部侍郎、参知政事。宋英宗治平四年（1067），出知亳州，后知青州、蔡州。宋神宗熙宁四年（1071）致仕。欧阳修著述较多，《欧阳文忠公集》共153卷，此外撰有《新五代史》74卷，与宋祁等合撰《新唐书》225卷。欧阳修词集有《六一词》《醉翁琴趣外篇》，共242首。

《醉翁琴趣外篇》（民国吴昌绶《景刊宋金元明本词》本）

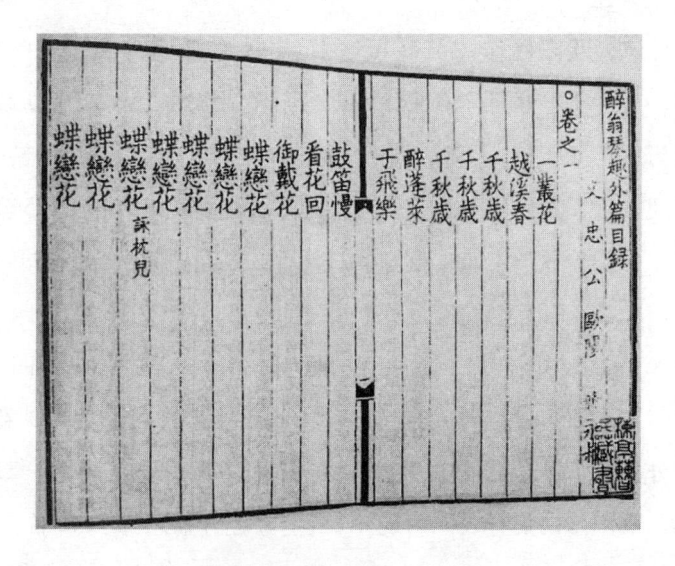

《醉翁琴趣外篇》部分目录

欧词的风格,叶嘉莹认为有一种"遣玩的意兴",这种评价是切中肯綮的。欧阳修青年时任洛阳推官,流连风月,狎妓风流,中年以后辗转多地为官,仕途连蹇,晚年始居宰辅,否极泰来。然而不管他在什么时期,其词中总流贯潇洒的意致。究其因,这与他的人格追求是一致的。欧阳修晚年写有一篇《六一居士传》,述其人生之志趣:

> 客有问曰:"六一,何谓也?"居士曰:"吾家藏书一万卷,集三代以来金石遗文一千卷,有琴一张,有棋一局,而常置酒一壶。"客曰:"是为五一尔,奈何?"居士曰:"以吾一翁,老于此五物之间,是岂不为六一乎?"客笑曰:"子欲逃名者乎?而屡易其号,此庄生所诮畏影

而走乎日中者也,余将见子疾走大喘渴死,而名不得逃也。"居士曰:"吾固知名之不可逃,然亦知乎不必逃也,吾为此名,聊以志吾之乐尔。"客曰:"其乐如何?"居士曰:"吾之乐可胜道哉!方其得意于五物也,太山在前而不见,疾雷破柱而不惊,虽响九奏于洞庭之野,阅大战于涿鹿之原,未足喻其乐且适也。"

欧阳修的思想典型地体现了宋以后士人的一种人格特质。一方面,作为正统儒家士人,他们有着修、齐、治、平的事功理念;另一方面,宋以后的士人思想中普遍糅合了儒、释、道三家的思想因素,故在政治上积极有为,在生活中能够固穷独守。此外,宋以后文人性格的转型使他们比以前的文人更能够获得精神上的依托,这种依托往往是通过山水清玩来体现的。欧阳修之后,苏轼、黄庭坚、晁补之以至南宋陆游、范成大等人都有这样的特点。也正因为此,我们就可以理解欧阳修贬谪滁州时,以醉翁自号流连滁州山水的自得逸放之态;贬谪颍州时,迷恋颍州西湖,而有定居颍州之想;晚年出任扬州时,仅居一年,便兴

欧阳修像

建平山堂,广植杨柳,虽王子猷之爱竹,不过如是。

欧阳修在洛阳时期,年少风流,写下不少艳情之作。而即使这些艳情之作,也同样有"遣玩的意兴"。如下面两首:

### 玉楼春

尊前拟把归期说,未语春容先惨咽。人间自是有情痴,此恨不关风与月。

离歌且莫翻新阕,一曲能教肠寸结。直须看尽洛城花,始共春风容易别。

### 踏莎行

候馆梅残,溪桥柳细,草薰风暖摇征辔。离愁渐远渐无穷,迢迢不断如春水。

寸寸柔肠,盈盈粉泪,楼高莫近危阑倚。平芜尽处是春山,行人更在春山外。

这两首词的主题都是离别。对于这种传统的题材,词人的情感抒发几乎是如出一辙,无外乎伤春悲秋,愁云密布,哀婉悽怨。第一首词中,欧阳修并没有回避这种情感的深挚,春容惨咽,哀曲动人,在词中也有表现。但他对爱情的认识直抵人心深处,人禀七情,爱居其一,古代男性文人对爱情的认识总是模糊闪烁,而欧阳修则说"人间自是有情痴,此恨不关风与月",决绝深挚。至于对这种情感的排释,欧阳修的解答也出人意表,"直须看尽洛城花,始共春风容易别",豪宕深沉,绝非

## 二 南唐词之流衍：晏、欧与宋初词坛

小女子口吻，也正见出欧阳修"遣玩的意兴"。第二首词在情感表现上当然没有跳出传统，最有特点的是欧阳修的表现手法，也可以看出欧阳修创造性的一个方面。对于离愁别恨的表现，欧阳修明显从冯延巳、李煜而来。冯延巳言愁，"河畔青芜堤上柳"，这种愁是无穷无尽的；李煜言愁，"离恨恰如春草，更行更远还生"，这种愁也是连绵不绝的；欧阳修则说"离愁渐远渐无穷，迢迢不断如春水"，也是无穷不尽之愁，两个"渐"字将情感的时空越拉越长，越拉越紧，就像春水一样涟漪泛起，不知尽头。上阕情景融合无间，下阕也是如此，行人已远，凭栏莫见，而主人公思绪却没有停留，"平芜尽处是春山，行人更在春山外"，与晏殊"独上高楼，望尽天涯路"似有异曲同工之妙。"平芜"和"春山"也是作者极目能见之物，"春山外"则非目所能及，也呼应了上阕末句"离愁渐远渐无穷"，女主人公并没有因为行人的离开而愁肠有所停滞，而是连绵荡漾。这首词中，叠词的频繁运用，使词的音律性更为流利。后来秦观"郴江幸自绕郴山，为谁流下潇湘去"，似自此词化出。

欧阳修贬谪颍州时，写下一组《采桑子》词，共10首，咏西湖之美，极尽遣玩之兴，清新俊逸，开宋词一代风气。录其中三首：

### 其一

轻舟短棹西湖好，绿水逶迤，芳草长堤，隐隐笙歌处处随。

无风水面琉璃滑，不觉船移，微动涟漪，惊起沙禽掠

岸飞。

### 其二

画船载酒西湖好,急管繁弦,玉盏催传,稳泛平波任醉眠。

行云却在行舟下,空水澄鲜,俯仰留连,疑是湖中别有天。

### 其三

群芳过后西湖好,狼籍残红,飞絮濛濛,垂柳阑干尽日风。

笙歌散尽游人去,始觉春空,垂下帘栊,双燕归来细雨中。

欧阳修晚年词风似有变化,多俊朗清疏之词,对苏轼词风实有影响。如下面两首:

### 朝中措 平山堂

平山栏槛倚晴空,山色有无中。手种堂前垂柳,别来几度春风?

文章太守,挥毫万字,一饮千钟。行乐直须年少,尊前看取衰翁。

### 浣溪沙

堤上游人逐画船,拍堤春水四垂天,绿杨楼外出秋千。
白发戴花君莫笑,六么催拍盏频传,人生何处似尊前。

《朝中措》上阕写平山堂之景，山色有无之间，言平山堂外山中之景。春风垂柳，言庭院杨柳之姿。意兴高远，而情景亲切。下阕写太守自得之状，闲暇为文，一气呵成，美酒为伴，快意人生。整首词潇洒豪迈，有老当益壮之概。《浣溪沙》上阕写湖上之景，春水拍岸，画船争逐，杨柳青青，秋千隐映，一派春光明媚之景；下阕写太守临春赏花，白发簪花，觥筹交错，歌乐丝竹，似有及时行乐之意，然而狂放清疏之气，见于言外。

欧阳修在词方面的开创性，冯煦曾有确切的评论。他说："宋至文忠，文始复古，天下翕然师尊之，风尚为之一变。即以词言，亦疏隽开子瞻，深婉开少游。本传云：'超然独骛，众莫能及。'独其文乎哉？独其文乎哉？"（冯煦《蒿庵论词》）信然。

## 3 往事后期空记省：张先与《张子野词》

晏、欧词集中少见慢词，晏集中仅7首，欧集中仅9首。张先词集中则19首之多，他的词也体现了宋词由初转盛的过渡性特点。

张先（990~1078），字子野，浙江乌程人。与晏、欧同时，为晏殊门下士，与欧阳修为同年进士，历官吴江知县、都官郎中等职。后人辑有《张子野词》，共184首，慢词近20首。

张先在宋代词人中最为老寿，他与晏殊、欧阳修到后来的苏轼，都有交往。他一生沉沦下僚，但生活似乎很优裕，诗歌清新流丽,词中也并无愤懑失意之情。他作词始于何时,并不可知。他最为驰名的"三影"词(按:此"三影"词,非宋人笔记中所谓)似皆为晚年所作。三词如下:

**天仙子　时为嘉禾小倅,以病眠,不赴府会**

水调数声持酒听,午醉醒来愁未醒。送春春去几时回,临晚镜,伤流景,往事后期空记省。

沙上并禽池上暝,云破月来花弄影。重重帘幕密遮灯,风不定,人初静,明日落红应满径。

**青门引**

乍暖还轻冷,风雨晚来方定。庭轩寂寞近清明,残花中酒,又是去年病。

楼头画角风吹醒,入夜重门静。那堪更被明月,隔墙送过秋千影!

**木兰花　乙卯吴兴寒食**

龙头舴艋吴儿竞,笋柱秋千游女并。芳洲拾翠暮忘归,秀野踏青来不定。

行云去后遥山暝,已放笙歌池院静。中庭月色正清明,无数杨花过无影。

据夏承焘《张子野年谱》,张先《天仙子》词作于52岁,时为秀州通判。该词写暮年伤春情怀,此类主题在宋词中并不

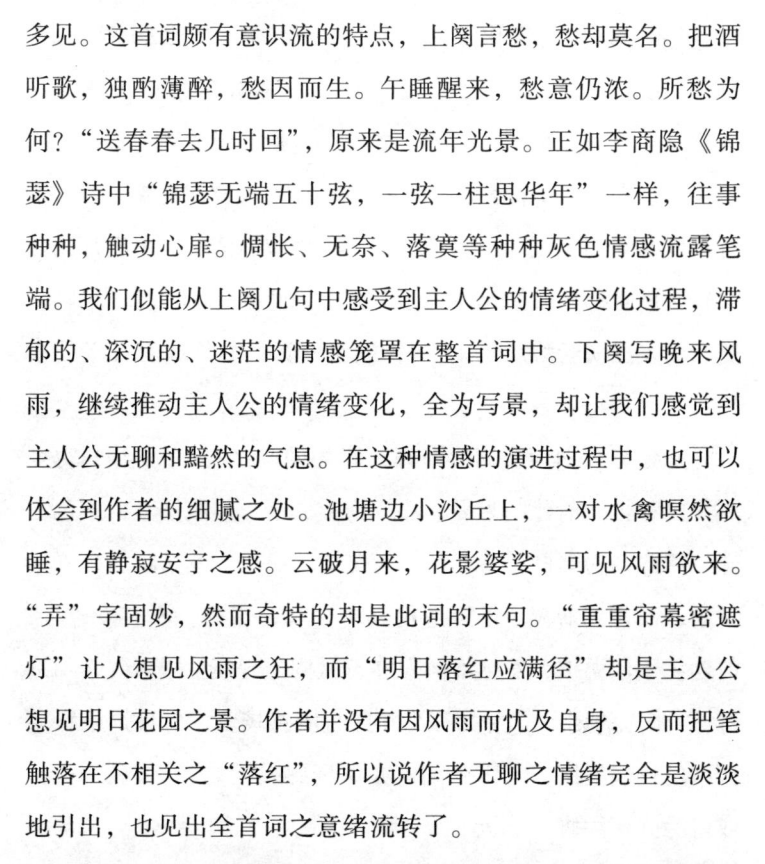

多见。这首词颇有意识流的特点，上阕言愁，愁却莫名。把酒听歌，独酌薄醉，愁因而生。午睡醒来，愁意仍浓。所愁为何？"送春春去几时回"，原来是流年光景。正如李商隐《锦瑟》诗中"锦瑟无端五十弦，一弦一柱思华年"一样，往事种种，触动心扉。惆怅、无奈、落寞等种种灰色情感流露笔端。我们似能从上阕几句中感受到主人公的情绪变化过程，滞郁的、深沉的、迷茫的情感笼罩在整首词中。下阕写晚来风雨，继续推动主人公的情绪变化，全为写景，却让我们感觉到主人公无聊和黯然的气息。在这种情感的演进过程中，也可以体会到作者的细腻之处。池塘边小沙丘上，一对水禽瞑然欲睡，有静寂安宁之感。云破月来，花影婆娑，可见风雨欲来。"弄"字固妙，然而奇特的却是此词的末句。"重重帘幕密遮灯"让人想见风雨之狂，而"明日落红应满径"却是主人公想见明日花园之景。作者并没有因风雨而忧及自身，反而把笔触落在不相关之"落红"，所以说作者无聊之情绪完全是淡淡地引出，也见出全首词之意绪流转了。

《青门引》创作时间或与《天仙子》同时，也是写暮春时的寂寞情绪。主人公似为小院独居，故对于时节之变化特别敏感。上阕融情于景，乍暖还寒，清明寂寞，仿佛又是去年天气，而春残花落，正是每年触起他愁闷之怀的原因。下阕写这种寂苦无聊之情一直持续到深夜，足见此苦闷之情积郁甚深。末句进一步道明积郁难遣的原因，"秋千影"带有时间的隐喻，秋千这种活动往往是少女游戏。作者以晚年情怀而睹少年玩物，其中所包含的叹老伤时已不言而喻。

《木兰花》词更作于张先暮年，此时词人已86岁高龄，垂垂老翁，对于人生似已参透。上阕为一幅游春图，充满活泼气息。竞龙舟之少年，打秋千之少女，拾翠于芳洲，雀跃于郊野，春意盎然，生机勃勃。下阕则写月夜人散，庭院寂静，作者在此却无伤感之怀，而是沉溺于这种寂静清明。中庭月光如水，微风吹拂，柳絮飘飞，无声无影。此中意境，已非无聊寂寞，而是澄明恬淡。一动一静之间，显现作者对于人生的参悟。

　　陈廷焯《白雨斋词话》评论张先词云："张子野词，古今一大转移也。前此则为晏、欧，为温、韦，体段虽具，声色未开。后此则为秦柳，为苏辛，为美成、白石，发扬蹈厉，气局一新，而古意渐失。子野适得其中，有含蓄处，亦有发越处，但含蓄不似温韦，发越不似豪苏、腻柳，规模虽隘，气格却近古。"张先的词中，注入词人自身的情感较多，而且词中特重情绪的逐层发展，虽为令词，亦见情感发越之力。以上三词，或可为陈评注脚。

　　张先也开始较多地涉猎慢词。关于他的慢词，民国学者夏敬观评云："子野词，凝重古崛，有唐五代遗音，慢词亦多用小令作法，在北宋诸家中，可谓独树一帜"（夏敬观《夏敬观手批子野词》）。其慢词名作如下：

### 谢池春慢　玉仙观道中逢谢媚卿

　　缭墙重院，时闻有、啼莺到。绣被掩余寒，画幕明新晓。朱槛连空阔，飞絮知多少？径莎平，池水渺。日长风

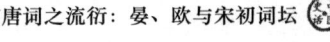

静,花影闲相照。

尘香拂马,逢谢女,城南道。秀艳过施粉,多媚生轻笑。斗色鲜衣薄,碾玉双蝉小。欢难偶,春过了。琵琶流怨,都入相思调。

此词上阕写玉仙观春景。啼莺飞絮,池塘芳草,日长风静,笔调清新明丽,这是标明相遇之时节。下阕先写谢媚卿之美貌,顾盼生姿,服饰艳丽,玉钗蝉鬓,笔致细腻,接着写伤春怨情,暮春已过,佳偶难遇。这种曲折之情作者并没有用曲折之笔来表达,而是以"琵琶流怨,都入相思调"作结,情感蕴藉无穷。这也可以看出宋初词人慢词写作的过渡性特征,多用小令含蓄笔法,而少开阖纵横之力。

## 4 看尽落花能几醉:晏幾道与《小山词》

令词的发展,到晏幾道这里达到了高峰。在晏幾道200多首词作中,慢词不到10首。而晏幾道也是以接续南唐词风自任。他在《乐府补亡》自序中说:

补亡一编,补乐府之亡也。叔原往者浮沉酒中,病世之歌词,不足以析酲解愠,试续南部诸贤绪余,作五七字语,期以自娱。不独叙其所怀,兼写一时杯酒间闻见所同游者意中事。尝思感物之情,古今不易。窃以谓篇中之意,昔人所不遗,第于今无传尔。故今所制,通以补亡名之。始时沈十二廉叔、陈十君龙家,有莲、鸿、蘋、云,品清讴娱客。每得一解,即以草授诸儿。吾三人持酒听之,为一笑乐而已。

晏幾道生活在苏轼的时代,其时慢词已盛行,风格和主题也已灵活多样。但晏幾道独行其是,仍"试续南部诸贤绪余",不仅少作慢词,且题材单一,多写男女恋情。在北宋中期词坛确乎另类。

晏幾道(1038～1110),字叔原,号小山,江西临川人,晏殊第七子。早年任颍昌府许田镇监,后为乾宁军通判、开封府推官,词集名《小山词》。其为人不乐仕进,离群索居,情感细腻而真挚,黄庭坚《小山词序》曾说晏幾道有四痴:

余尝论:叔原,固人英也,其痴亦自绝人。爱叔原者,皆愠而问其门。曰:"仕宦连蹇,而不能一傍贵人之门,是一痴也;论文自有体,不肯一作新进士语,此又一痴也;费资千百万,家人寒饥,而面有孺子之色,此又一痴也;人百负之而不恨,已信人,终不疑其欺己,此又一痴也。"乃共以为然。虽若此,至其乐府,可谓狎邪之大雅,豪士之鼓吹,其合者高唐、洛神之流,其下者岂减桃叶、团扇哉?

正因为其痴,我们在他的词中才看到他真淳性情的袒露。其词皆伤心之词,冯煦评云:"淮海、小山,古之伤心人也。

其淡语皆有味,浅语皆有致"(冯煦《蒿庵论词》)。实际上,晏幾道词虽淡而雅,虽浅而真,足以摇动人心。夏敬观云:"叔原以贵人暮子,落拓一生,华屋山丘,身亲经历,哀丝豪竹,寓其微痛纤悲,宜其造诣又过于父。"(夏敬观《夏敬观手批二晏词》)斯为得之。

小山词中的恋情多表现为作者对一段消逝的情感反复咀嚼的痛苦而甜蜜的回忆,也有些仅表现无望而痛苦的记忆,也有些仅写刻骨的相思之情,还有些表达相逢的悲喜交集。如下面几首词。

### 临江仙

梦后楼台高锁,酒醒帘幕低垂。去年春恨却来时,落花人独立,微雨燕双飞。

记得小蘋初见,两重心字罗衣,琵琶弦上说相思。当时明月在,曾照彩云归。

### 玉楼春

东风又作无情计,艳粉娇红吹满地。碧楼帘影不遮愁,还似去年今日意。

谁知错管春残事,到处登临曾费泪。此时金盏直须深,看尽落花能几醉?

### 思远人

红叶黄花秋意晚,千里念行客。飞云过尽,归鸿无信,何处寄书得?

泪弹不尽临窗滴,就砚旋研墨。渐写到别来,此情深处,红笺为无色。

### 鹧鸪天

彩袖殷勤捧玉钟,当年拼却醉颜红。舞低杨柳楼心月,歌尽桃花扇底风。

从别后,忆相逢,几回魂梦与君同。今宵剩把银釭照,犹恐相逢是梦中!

《临江仙》上阕写梦回酒醒,春恨袭人,对此年年离恨,尽可对酒浇愁,或者及时行乐,作者却以一组精美绝伦的意象将离愁别恨固定起来。飘飞的落花,茕茕孑立的忧伤男子,细雨微风,燕子双飞,虽非言愁,愁已至矣。下阕思绪转到回忆的时空隧道,其所忆与前人恋情词颇有不同,前人写恋情多将回忆停留在离别伤怀之际,而小山却将回忆锁定在一见倾心的初次甜蜜相逢上。主人公与情人的初次见面有哪些深刻的印记呢?心字罗衣、相思琴弦,这是倾情之始,踏月送归,则是双双定情。情景之美仑美奂,气氛之甜蜜温馨,无以复加。古人赏其中"落花人独立,微雨燕双飞"句,其实"当时明月在,曾照彩云归"更催人泪下。

《玉楼春》刻画的是主人公的一种无望的相思,这种情绪在小山词作中应该占有很大的比例。此词上阕写花落春残之景,起笔即言"东风""无情",愁苦怨恨可见一斑,"碧楼帘影"则指出所思所怨之对象,"还似去年今日意"则言相思之深、之久;下阕言相思之痛的表现。起句很有意思,"错管春残事"似说不必为残花落叶而愁,然而是否真的错管,或者可以不管,接句"到处登临曾费泪"既是对上句的解释,也是此词主题的展示,所经之地无不触动心怀,而所经之地也无不见春残满地,既可以想见当年与伊人赏春惜花之乐,也可以想象现在伊人不在,以前繁华欢乐之所现在已是满目苍凉,足可见主人公相思之悲。对此深悲,何以解忧?唯有买醉消愁。作者甚至并无消愁之意,末句言"看尽落花能几醉",则是对此残春,虽醉亦可。情调的悲凉、深挚实超出前人。

前两首都是对消逝的爱情的缅怀,《思远人》则是作者对情人的深情思念,既哀婉酸涩,又带有期冀,情人之间似保持若有若无的联系。上阕平平叙来,秋高天晚,远人不在,虽欲通问,却无处寄书,情感可谓悲凄。下阕则将此相思付诸笔下,仍有万一之情,故且泣且书,情难自已,泪湿红笺,化为无色,足见离情之苦。其中"就砚旋研墨"可谓沉痛之极。

《鹧鸪天》比之以上诸首,情景又有不同。上阕似用蒙太奇的手法,捕捉回忆中最美好的片断,故用词极美极眩,"彩袖""玉钟""醉颜红"是当时情侣一见倾心而纵酒极乐之景,"楼心月""扇底风"则是欢歌畅舞之尽情享受,反映了恋爱中人如胶似漆的浓情蜜意。下阕一开头扫处即空,诸种繁华不再,只剩下无尽痛苦相思,所有的相遇只能在梦里出现。"几回魂梦与君同",用语直率,而情感深挚悲凉。末两句又一转,今宵真的相遇,反倒疑在梦中,虽从杜甫"夜阑更秉烛,相对如梦寐"

句化出，却表达得轻灵婉转。缪钺说这首词"全词不过五十几字，而能造成两种境界，互相补充配合，或实或虚，既有彩色的绚烂，又有声音的谐美"，这是小山词艺术性的高度展现。

晏幾道也有纯写身世之悲的词。如下面这首：

**阮郎归**

天边金掌露成霜，云随雁字长。绿杯红袖趁重阳，人情似故乡。

兰佩紫，菊簪黄，殷勤理旧狂。欲将沉醉换悲凉，清歌莫断肠。

郑骞云："小山词境，清新凄婉，高华绮丽之外表，不能掩其苍凉寂寞之内心，伤感文学，此为上品。"（郑骞《成府谈词》）《阮郎归》这首词典型地体现了这一词境。此词上阕写重阳秋景，"天边金掌"既取原典之喻义，亦取其象形。"金掌"指宫中承露之盘，"天边金掌露成霜"隐喻深秋冷凝之感，也指晚秋夕阳之衰飒，足见想象之妙。"云随雁字长"侧重视觉的表现，雁阵北回，云亦拉长，则乡思亦深。重阳听歌纵酒，本是常事，而一"趁"字将此思乡意味表露无遗，作者本是客居他乡，而重阳所乐犹似故乡，然并非故乡，"趁"字在此至关重要。下阕转到作者自身情绪。况周颐评"殷勤理旧狂"后几句云："'殷勤理旧狂'五字三层意。狂者，所谓'一肚皮不合时宜'，发见于外者也。狂已旧矣，而理之，而殷勤理之，其狂若有甚不得已者。'欲将沉醉换悲凉'是上句注脚。'清歌莫断肠'

仍含不尽之意。此词沉著厚重，得此结句，便觉竟体空灵。"（况周颐《蕙风词话》）况评对晏幾道的疏狂、悲狂的理解可谓深刻。值得注意的是，此词下阕的前两句也具有特别意味。"兰佩紫"出自《离骚》"纫秋兰以为佩兮"，"菊簪黄"较早出处或为杜牧"菊花须插满头归"句，但宋人诗词中这种意象更多，如欧阳修"白发戴花君莫笑"、黄庭坚"黄花白发相牵挽，付与时人冷眼看"等句。君子戴菊正显示了宋代士人狂放不羁的一种本质，这对于理解词中"旧狂"当有更丰富的补益。

## 5 误几回、天际识归舟：柳永与《乐章集》

如果说晏幾道是令词时代的殿军的话，柳永无疑是慢词时代的开创者。

柳永（987～1053），字耆卿，原名三变，排行第七，福建崇安人。其父柳宜仕南唐为监察御史，入宋为工部侍郎，叔父诸人俱入朝为官，所以，柳永出身于儒学仕宦家庭。柳永科名较晚，景祐元年（1034）及第，历任睦州团练推官、余杭县令、泗州判官等职，官终屯田员外郎。仕宦连蹇，死后凄凉。有词集《乐章集》，收词200多首，慢词占一半以上。他是宋代第一位大力创制慢词的词人。

柳永仕途失意，早年流连于京城青楼瓦肆，风月才名甚盛。叶梦得《避暑录话》记载："永为举子时，多游狭邪，善为歌辞。教坊乐工，每得新腔，必求永为辞。"正因为如此，柳永词中充满了强烈的世俗色彩。王灼《碧鸡漫志》说："柳耆卿《乐章集》，世多爱赏，其实该洽，序事闲暇，有首有尾，亦间出佳语，又能择声律谐美者用之。惟是浅近卑俗，自成一体，不知书者尤好之。"此说可为柳词总评。

柳永词的内容主要有三类，一类是写承平气象之词，一类为相思离别之词，一类为羁旅行役之作。

柳词的题材较为丰富，对宋代社会也有较丰富的展现。宋代自太宗至仁宗年间，得享太平，政治较为清明，经济较为发达。柳永词中就有不少反映这种境况的作品，概而言之，略有五种，一是颂圣词，二是酬赠词，三是节日词，四是城市词，五是咏物词。创作较为成功的是后面两种。

### 望海潮

东南形胜，江吴都会，钱塘自古繁华。烟柳画桥，风帘翠幕，参差十万人家。云树绕堤沙，怒涛卷霜雪，天堑无涯。市列珠玑，户盈罗绮，竞豪奢。

重湖叠巘清嘉，有三秋桂子，十里荷花。羌管弄晴，菱歌泛夜，嬉嬉钓叟莲娃。千骑拥高牙。乘醉听箫鼓，吟赏烟霞。异日图将好景，归去凤池夸。

### 望远行

长空降瑞，寒风剪、淅淅瑶花初下。乱飘僧舍，密洒歌楼，迤逦渐迷鸳瓦。好是渔人，披得一蓑归去，江上晚来堪画。满长安、高却旗亭酒价。

幽雅，乘兴最宜访戴，泛小棹、越溪潇洒。皓鹤夺鲜,白鹇失素,千里广铺寒野。须信幽兰歌断,彤云收尽,别有瑶台琼榭。放一轮明月,交光清夜。

《望海潮》咏杭州胜日景象,借以称颂杭州太守政绩。此词采用赋的表现手法,上阕首三句即言杭州的地理优势,继言杭州的人口、物产的丰阜。下阕着重写西湖之美,"羌管弄晴"几句又暗含对城市繁华、政治太平的歌颂。"千骑拥高牙"后几句则指明政治的清明、杭州百姓的安逸源于太守的功绩。据罗大经《鹤林玉露》记载,金主完颜亮因闻柳永《望海潮》词,"遂起投鞭渡江之志",足见这首词叙事感染的力量了。

《望远行》是一首咏雪词。此词每两节转换一个场面,形成四段。上阕"长空降瑞"至"迤逦渐迷鸳瓦"为第一段,写雪从高空落下铺到地面,是种近距离的描写,"乱飘""密洒"二词生动形象地表现出了落雪的姿态;后面几句为一段,视野渐次扩大,移到茫茫江面,末句"高却旗亭酒价"却是想象之词,也是视觉的再次收缩,雪寒当会激发人们喝酒消寒的热情吧。下阕写下雪余势和雪后之景,"幽雅"至"千里广铺寒野"为一段,多想象之词,文人雅致,可雪舟泛溪,雪势之大,广被原野;后面几句为一段,雪后彤云收尽,尽显琼玉世界。末两句雪月交映,更显澄澈之美。日本学者宇野直人评这首词"在对称的构图中凝结着流动性很强的内容,因而有一种独特的紧凑感。同时,词人又不受这样整齐结构的限制,常常让诗意的想象自由驰骋,创作出耐人寻味的艺术时空"。

相思离别之词为柳永词之大宗,可分为两种:一为两地相思之作，一为离别伤魂之作。这类作品名作甚多，如我们所熟知的"衣带渐宽终不悔，为伊消得人憔悴""自春来、惨绿愁红，芳心是事可可""今宵酒醒何处？杨柳岸、晓风残月"等名句皆出自柳永笔下，再录两首以见一斑：

### 曲玉管

陇首云飞，江边日晚，烟波满目凭阑久。立望关河萧索，千里清秋，忍凝眸？

杳杳神京，盈盈仙子，别来锦字终难偶。断雁无凭，冉冉飞下汀洲，思悠悠。

暗想当初，有多少幽欢佳会，岂知聚散难期，翻成雨恨云愁！阻追游。每登山临水，惹起平生心事，一场消黯，永日无言，却下层楼。

### 采莲令

月华收，云淡霜天曙。西征客、此时情苦。翠娥执手送临歧，轧轧开朱户。千娇面、盈盈伫立，无言有泪，断肠争忍回顾。

一叶兰舟，便恁急桨凌波去。贪行色、岂知离绪。万般方寸，但饮恨，脉脉同谁语。更回首、重城不见，寒江天外，隐隐两三烟树。

《曲玉管》是相思怀远之作。前两叠为双拽头，为现时的一种思念，可分为两层：一层为此时此地之情景，一为想象此时彼地女子相思情景。第三叠也可分为两层：一为追念过往相爱相离之愁绪，一为当前消黯之情绪。结构繁复细密，情感曲折丰富。意象繁多而鲜明，如每叠末几句均用一幅惆怅蕴藉之场景，形成含蓄不尽的意味。第一幅为关河高秋图，情景呜咽落寞。第二幅为孤雁寒汀图，情景凄清惆怅。第三幅为登楼远望图，有黯然消魂之意趣。这几幅图的总体情绪是前后呼应的，因而整首词可谓情景交融，浑然一体。无怪乎郑文焯评柳词云："柳词浑妙深美处，全在景中人、人中意，而往复回应，又能托寄清远，达之眼前，不嫌凌杂，诚如化人城郭，惟见非烟非雾光景，殆一片神行，虚灵四荡，不要以迹象求之也。"（郑文焯《大鹤山人词话》）

《采莲令》为离别伤魂之作。上阕写女子送别之情态，用笔简约生动。霜天欲曙，征人远行，女子形神凄迷，"盈盈伫立，无言有泪"，依依不舍，痛苦消魂之情态刻画殆尽。下阕写舟中远人之别愁，也是生动细致。"贪行色、岂知离绪"将船行之霎那，心中未定、离绪未发的情感充分表现出来。坐定之后，则心中五味杂陈，"脉脉同谁语"将男主人公情深难寄的隐幽情怀也生动地表现出来了。"更回首"三句与欧阳修"平芜尽处是春山，行人更在春山外"意趣相同，不过柳词更显含蓄、淡雅，主人公黯然、迷茫的愁绪由此可见。

叶嘉莹评论柳永在词史上的地位时有这样一段话：

柳永平生都是不幸的，都是不得意的。他辗转在道路之上，写出来"驱驱行役，苒苒光阴，蝇头利禄，蜗角功名，毕竟成何事，漫相高"，这是他所以在他羁旅行役的歌词中写出这样感慨悲哀的词句的原因。而由于这样的原因,造成了柳永词中的一种成就,而且使中国词的发展达到了一个新的开阔的境界,就是说把词里的感情从"春女善怀"转变成了"秋士易感"的感情。(叶嘉莹《唐宋词十七讲》)

柳永羁旅行役词大部分表现的是其流落江湖、仕宦失意的悲惋之情和对帝京故里的思念之情。而这两种情感往往是交织在一起的。如著名的《八声甘州》:

对潇潇暮雨洒江天,一番洗清秋。渐霜风凄紧,关河冷落,残照当楼。是处红衰翠减,苒苒物华休。惟有长江水,无语东流。
不忍登高临远,望故乡渺邈,归思难收。叹年来踪迹,何事苦淹留?想佳人妆楼颙望,误几回天际识归舟?争知我、倚阑干处,正恁凝愁!

这首词苏轼誉为"不减唐人高处",此从其上阕写景言之。开篇即以"对"字句领起寥廓江天之景,博大沉雄之气象扑面而来。接着写凄厉之霜风,关河之落日,意境渐趋悲壮。前面五句都是深沉壮阔之景,后四句转为沉郁悲凉,繁华销尽,江水东流,确有盛唐气象。下阕抒情,对此凄清景象,人生不如意事纷至沓来,思乡之情更显迫切,仕途失意更触动心怀。当然,思乡之情占据上风,"想佳人"两句采用"对面写来"的手法,想象闺中之人对男主人公的翘首盼望。最后两句又回到自身,"争知我"三字将游子客居他乡的无奈之情加倍揭示出来,而"正恁凝愁"也将思乡之情、无奈之悲收束起来,增强不尽之意。

除以上三大类词作外,柳永尚写有咏史词和山水词。尤其是山水词,对于北宋词坛具有一定开创意义。如下面这首:

### 满江红

暮雨初收,长川静、征帆夜落。临岛屿、蓼烟疏淡,苇风萧索。几许渔人飞短艇,尽载灯火归村落。遣行客、当此念回程,伤漂泊。

桐江好,烟漠漠。波似染,山如削。绕严陵滩畔,鹭飞鱼跃。游宦区区成底事,平生况有云泉约。归去来、一曲仲宣吟,从军乐。

以山水作为审美对象的文体,宋前有山水诗、山水小品和游记。词中以山水作为主要表现对象和审美客体,或始于柳永。此词抒写桐江之美,上阕为白描细写,着重江面之景,雨歇川静,日暮舟泊,蓼苇疏淡,小舟渔火,突出萧索之情景。下阕粗线条略写,着重江岸之景,寒烟漠漠,波染山峻,鹭飞鱼跃,突出恬淡幽然之乐。由山水之美而引起平生之志,功名利禄不足一提,林泉之约始为人生幸事。尽管上阕流露出对羁旅漂泊之厌倦忧伤,其总体的主旨却是向往归隐林泉的生活,这是符合山水文学的趣味的。

## 三　别是风流标格：
## 　　苏轼与元祐词坛

竞争无疑是北宋政治中最重要的现象之一。从北宋初期的庆历党争，到中期的熙宁党争，再到其后的元祐党争及北宋末年的"绍述党锢"，每次党争都引起北宋政治的巨大变动，也造成北宋社会党同伐异的弊端。沈松勤注意到，北宋竞争对文学的影响是一种深层次的互动关系。它们的互动关系"决定了创作心态和创作的价值与主题取向，并随着党争的变化而变化"（沈松勤《北宋党争与文学》）。以元祐文学来论，这一时期是北宋党人意气之争最为激烈的时期，同时也是宋代文学最为辉煌的时期。以诗而言，民国学者陈衍提出"诗莫盛于三元"之说，认为元祐时期是中国诗歌史上发展的关键阶段。

词到了元祐年间，进入最为鼎盛的时期。苏轼领导的元祐词坛，对宋词的发展带来多方面的影响。彭国忠《元祐词坛研究》就"主题的变奏""形式的意义""风格的多元并存"几个方面详尽探讨了元祐词人的贡献。宋元祐以前的词人，如晏殊、欧阳修、张先、柳永四大家,在词的形式拓展、主题的变化、词风的演进方面,分别做了不同方向的努力和突破。但显然,如以最能代表宋代文化和精神的一个词人群体,则以元祐词人群为最。

## 1 有情风万里卷潮来:苏轼与《东坡乐府》

关于苏轼的人生旨趣,王水照曾有很好的论述。他说:"就苏轼深于人生哲学、深于生活自得之道而言,确实罕有其俦。他的一生,无论是立朝为官,抑或是贬谪蛮荒,一贯珍视自身的生命存在,努力超越种种窘逼和限制,执着于生命价值的实现,获取生活的无穷乐趣和最大的精神自由。"(王水照《苏轼研究》)了解了苏轼的人格追求后,我们对他人生中的经历和文学创作才有更深的体会。

苏轼(1036~1101),字子瞻,号东坡居士,四川眉山人。嘉祐二年(1057)进士,当时主考官欧阳修对人说:"吾当避此人出头地。"后任大

**苏轼像**

理评事,除凤翔府判官。治平二年(1065),入直史馆。熙宁四年(1071),因上书论王安石新法弊病,其被外放为杭州通判,后历任密州、徐州、湖州知州。元丰二年(1079),苏轼任湖州知州时,因上封事《湖州谢表》,引新党不满,后从苏诗中割裂诗句治罪,捕于御史台,并欲治苏轼死罪。这就是著名的"乌台诗案",牵连者几十人。宋神宗从轻发落,贬苏轼为黄州团练副使,受本地官员监视。苏轼任黄州期间,筑室于东坡,自号"东坡居士",黄州五年为其一生重要的转折点。元丰七年(1084),苏轼徙居常州。元祐元年(1086),宋哲宗继位,旧党抬头,苏轼知登州,旋召为礼部郎中,不久,即迁中书舍人、翰林学士。元祐三年(1088),知礼部贡举。次年,因其对旧党施政不满,亦遭诬告,外任为杭州知州。元祐七年(1092),苏轼徙知扬州;元祐八年(1093),知定州。绍圣元年(1094),新党再度执政,苏轼再遭贬谪,贬至偏远的广东惠州;绍圣四年(1097),再贬至海南儋州。元符三年(1100),大赦,北归途中,其卒于常州,被安葬于汝州,享年65岁,谥号文忠。苏轼有诗词文近百卷,词集名《东坡乐府》,共3卷,340首。

苏轼为人温厚随和,风趣幽默,为政独立不迁,不苟合于人。故新党执政,不容于新党,旧党执政,亦见异于旧党。其虽有大名,却浮沉于官场数十载,屡遭贬谪。令后人奇怪的是,东坡虽然坎坷一生,流宦各地,却所至多有惠政,为文依然滔滔汩汩,为诗哀梨并剪,为词旷达飘逸。这与传统的儒家士大夫"达则兼济天下,穷则独善其身"似有不同。

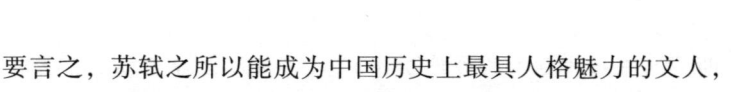

要言之，苏轼之所以能成为中国历史上最具人格魅力的文人，这与上面所提到的苏轼的人生态度有关，也与他的文化性格有关。

苏轼人生的每个阶段，都交织着三种不同的思想。以王水照的话来说："既表现为儒佛道思想因素同时贯穿他的一生，又表现为这三种思想因素经常互相自我否定。""乌台诗案"以前，苏轼大体是以儒家思想为主，贬谪黄州以后，苏轼则转变为以佛道思想为主。王水照注意到，在苏轼黄州时期的作品中，"尽管交织着悲苦和旷达、出世和入世、消沉和豪迈的种种复杂情绪和态度，但这种超然物外、随缘自适的佛老思想仍是它的基调"。我们可以说，苏轼黄州时期这些种种复杂的思想和情绪，不仅在他人生60多年中占有主导地位，也在他不同时期优秀作品中得到了反映。

苏轼词中绝少轻艳浮靡之作。他第一首词据朱祖谋编年，作于宋神宗熙宁五年（1072），时年37，此词如下：

### 浪淘沙

昨日出东城，试探春情。墙头红杏暗如倾。槛内群芳芽未吐，早已回春。

绮陌敛香尘，雪霁前村。东君用意不辞辛。料想春光先到处，吹绽梅英。

龙榆生将苏轼词的创作历程分成三个阶段："大抵自杭州至密州为第一期，自徐州贬黄州为第二期，去黄州以后为第三期。"(龙榆生《东坡乐府综论》)《浪淘沙》是苏轼第一期作品，从主题来说，并不新鲜，欧阳修早在《戏答元珍》一诗中就写过"残雪压枝犹有橘，冻雷惊笋欲抽芽"这样的句子。当然，在词的发展史上它还是有一定意义的。此前咏春之词大多伤春、惜春，这首词对春天到来的活泼景象却有更多欣喜之情。词风也是清丽飘逸，迥异于前人。

苏轼第一期的优秀之作大多作于知密州时期，如著名的《江城子》二首（十年生死两茫茫、老夫聊发少年狂）、《水调歌头》（明月几时有）等词。以下这首也为此期佳作：

### 望江南　超然台作

　　春未老，风细柳斜斜。试上超然台上看，半壕春水一城花，烟雨暗千家。

　　寒食后，酒醒却咨嗟。休对故人思故国，且将新火试新茶，诗酒趁年华。

苏轼于宋神宗熙宁八年（1075）营建超然台，建成后写有《超然台记》，表达其对于祸福、美丑、善恶、取舍均可"游于物之外"，超然待之。此词大体是对"超然"思想的诠释。上阕写寒食春景，春水泛滥，满城春色，景象是阔大的，寒食烟火，阴雨连绵，又将此阔大之景笼罩在阴郁苍茫之背景下，情感之转变于此可见。下阕自然过渡到思乡之情。寒食之后，正是清明时节，而苏轼远宦他乡，故酒醒咨嗟，虽欲归而不能，惆怅无奈情绪蕴含于其中。这种无奈并没有像柳永一样绵延，也不像晏殊一样及时行乐，强自欢笑，而是抛开烦愁，寻找自得之乐，新火煎新茶，诗酒趁年华，文人雅兴，莫过于此，超然物外之情也由此溢出。

苏轼第二期作品为其登峰造极之作。龙榆生云其此期创作"生活既经变化，而词格由此益高。自是由密移徐，由徐谪居黄州，得意失意，循环起伏，所受激刺愈深，而表现于文字者因以愈至"。此期实可分为两个阶段：一为任徐州、湖州知州三年时期；一为贬谪黄州五年时期（村上哲见《唐五代北宋词研究》）。东坡在徐州，兴修水利，为当地感戴，亦是东坡政治有为时期，故其所作词，多开拓排宕，气局开张，如下面这首词。

### 浣溪沙

簌簌衣巾落枣花，村南村北响缲车，牛衣古柳卖黄瓜。
酒困路长惟欲睡，日高人渴漫思茶，敲门试问野人家。

这是苏轼记述他在村野的见闻和感受。上阕写田园风光，刻画细腻生动，有声有色，充满乡野气息。簌簌枣花飘落之声，此起彼伏缲车之声，古柳农人卖瓜之状，农村生活的景象活灵活现。下阕写酒后困乏，敲门要茶，既表现自己之情状，也表现作为父母官的自己与农人的融洽，同样也表现出农村民风的淳朴。这首词的主题在诗里当然常见，但在词里是非常罕见的。我们也由此可以看出苏轼的创新精神。

苏轼在徐州任职时期最有名的作品是《永遇乐》，这首词也展示了他此后写作中反复萦绕的主题,即人生无常之感。

### 永遇乐

彭城夜宿燕子楼,梦盼盼,因作此词。

明月如霜,好风如水,清景无限。曲港跳鱼,圆荷泻露,寂寞无人见。紞如三鼓,铿然一叶,黯黯梦云惊断。夜茫茫,重寻无处,觉来小园行遍。

天涯倦客,山中归路,望断故园心眼。燕子楼空,佳人何在?空锁楼中燕。古今如梦,何曾梦觉?但有旧欢新怨。异时对、黄楼夜景,为余浩叹。

近人夏敬观对这首词评价极高,认为"'紞如三鼓,铿然一叶,黯黯梦云惊断。夜茫茫,重寻无处,觉来小园行遍。'此数语,可作东坡自道圣处。"这句话涉及的不只是对《永遇乐》词的评价,其实也涉及对苏轼整体词风的认识。夏敬观的评述全文如下。

东坡词如春花散空,不着迹象,使柳枝歌之,正如天风海涛之曲,中多幽咽怨断之音,此其上乘也。若夫激昂排宕、不可一世之概,陈无己所谓:"如教坊雷大使之舞,虽极天下之工,要非本色。"乃其第二乘也。后之学苏者,惟能知第二乘,未有能达上乘者,即稼轩亦然。东坡《永遇乐》词云:"紞如三鼓,铿然一叶,黯黯梦云惊断。夜茫茫,重寻无处,觉来小园行遍。"此数语,可作

## 三 别是风流标格：苏轼与元祐词坛

东坡自道圣处。（夏敬观《夏敬观手批东坡词》）

东坡词自古以来即目之为"豪放"，一直到清代中后期，周济还说："人赏东坡粗豪，吾赏东坡韶秀。韶秀是东坡佳处，粗豪则病也"（周济《介存斋论词杂著》）。夏敬观的观点自周济而来。我们所熟知的苏轼的豪放词作，实际上仅为苏轼词作中的极少部分，而且也并非苏轼词中的最佳之作。最佳之作当能有曲折幽微之美，当能有沉郁悲慨之致，正如大海之中怒涛拍石，虽极雄丽，却呜咽深沉，而非情感一味外溢，染粗犷之习。《永遇乐》此词即有此特点，上阕写梦境，明月如霜，好风如水，澄静清凉，清美之景，不着迹象。曲港跳鱼，圆荷泻露，似动而静，幽微澄明之境亦然显现，此种梦境如仙幻之境，似真似假，迷蒙一片。三更鼓声之低沉，梧桐叶落之轻微，惊破其如许梦境，这几句足以看出梦中之人的细腻敏感，也正是苏轼细腻之所在。梦已醒来，再寻梦境，遍寻无着。上阕末几句又将此黯然神伤之怀细致地表现出来了。下阕因梦醒而起古今之叹。虽然苏轼在徐州任上政通人和，但新党的排挤也使他对政治心生厌倦，因而有思归家园情绪。现实如此，梦境又何曾圆满，历史又何曾圆满？一句"空锁楼中燕"既隐喻了当时张盼盼独守燕子楼之清冷，又暗示了如今燕子楼之清凄。历史、现实、梦境在这个意义上可以说是重合了，但万物必有盛衰，今人为古人慨叹，后人又何尝不为今人长叹呢？苏轼在描写迷茫惘然的古今时空中又宕开一笔，结句可谓深沉而旷达。

苏轼在黄州任职期间佳作最多,而且有很多不同题材、风格的创造。如《念奴娇》(大江东去)在豪迈阔大的气象中展现白云苍狗之历史时空,《定风波》(莫听穿林打叶声)以一种高旷之怀应对人生的风雨阴晴,《哨遍》(为米折腰)隐括《归去来兮辞》以雄肆纵横之笔抒写随缘自适之情,《卜算子》(缺月挂疏桐)以"拣尽寒枝不肯栖"之孤鸿隐喻作者耿介幽洁之情怀,《洞仙歌》(冰肌玉骨)以神幻迷离之笔悬想百年前女子期待习习秋风和害怕流年暗换时的矛盾心理。下面两首同样是苏轼此时期的别致之作。

水龙吟　次韵章质夫杨花词

似花还似非花,也无人惜从教坠。抛家傍路,思量却是,无情有思。萦损柔肠,困酣娇眼,欲开还闭。梦随风万里,寻郎去处,又还被莺呼起。

不恨此花飞尽,恨西园、落红难缀。晓来雨过,遗踪何在?一池萍碎。春色三分,二分尘土,一分流水。细看来、不是杨花,点点是离人泪。

临江仙　夜归临皋

夜饮东坡醒复醉,归来仿佛三更。家童鼻息已雷鸣。敲门都不应,倚杖听江声。

长恨此身非我有,何时忘却营营?夜阑风静縠纹平。小舟从此逝,江海寄余生。

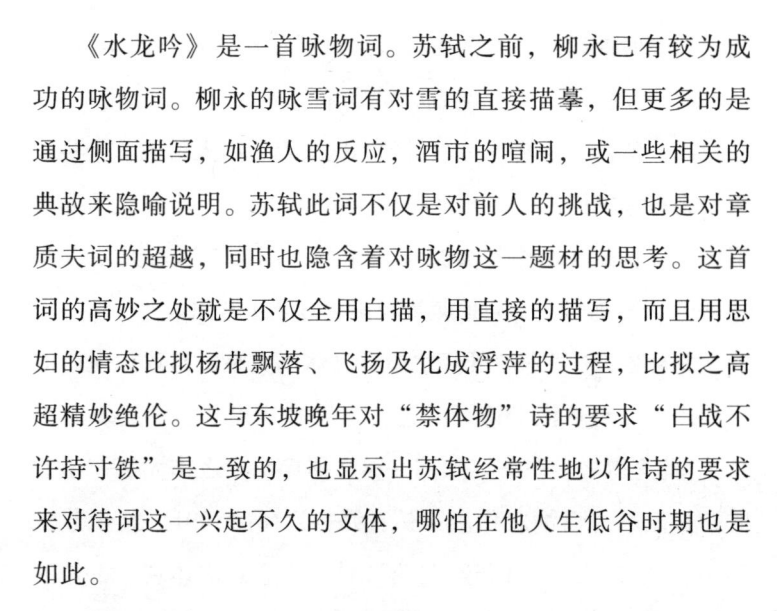

《水龙吟》是一首咏物词。苏轼之前,柳永已有较为成功的咏物词。柳永的咏雪词有对雪的直接描摹,但更多的是通过侧面描写,如渔人的反应,酒市的喧闹,或一些相关的典故来隐喻说明。苏轼此词不仅是对前人的挑战,也是对章质夫词的超越,同时也隐含着对咏物这一题材的思考。这首词的高妙之处就是不仅全用白描,用直接的描写,而且用思妇的情态比拟杨花飘落、飞扬及化成浮萍的过程,比拟之高超精妙绝伦。这与东坡晚年对"禁体物"诗的要求"白战不许持寸铁"是一致的,也显示出苏轼经常性地以作诗的要求来对待词这一兴起不久的文体,哪怕在他人生低谷时期也是如此。

《临江仙》是一首"幽咽怨断"之作。"醒复醉""三更"说明主人公饮酒、醉酒时间之长。"醒复醉"又带有醉醒后复饮酒而醉之意,可以说起笔便带无限悲梗。接下去平平叙写,家童酣睡,敲门不应,只好"倚杖听江声"。下阕写酒醒临江的心理活动。江水呜咽,想必催动主人公悲郁情怀。"长恨此身非我有,何时忘却营营?"句出自《庄子》,鼓吹人身自由,不为物役,这是苏轼向往的境界。苏轼现实的生活状态却是被人看管,且捆系在社会的名缰利锁之中,这与他的人生理想是背道而驰的,故苦闷积郁已久,乃发之于词。词人又是随性旷达之人,故面对波平浪静之江水,心灵也恢复平静,他似乎看破红尘,希望像范蠡一样泛舟江海,远离尘世。此词在苏轼词中是一首沉郁之作,较为明显地表现了苏轼内心的抑郁苦闷。

黄州时期以后，苏轼在京城度过了相对安定的四年时间。这四年为元祐词人崛起时期，黄庭坚、秦观、张耒、晁补之、张舜民、贺铸、毛滂等纷纷得到苏轼举荐，而入馆职。这些文人聚集在苏轼周围，彼此之间品评唱和，形成一个强大的词人群体。苏轼此时期作品大抵即事遣兴，间参哲理。元祐五年（1090），知杭州，此后他屡遭贬谪，终卒于常州。

龙榆生云："东坡既经忧患，又怵于文字之易取怨尤，五十而还，益趋恬淡，诗词文艺，率以游戏出之，不复多所措意。"此言得之。东坡集句词、回文词等游戏之作大都作于此时，其他率为恬淡之作。当然，元祐六年（1091，此年苏轼56岁）所作《八声甘州》足为苏轼一生志意之体现，也是苏轼晚年代表之作。

### 八声甘州　寄参寥子

有情风万里卷潮来，无情送潮归。问钱塘江上，西兴浦口，几度斜晖？不用思量今古，俯仰昔人非！谁似东坡老，白首忘机？

记取西湖西畔，正春山好处，空翠烟霏。算诗人相得，如我与君稀。约他年、东还海道，愿谢公、雅志莫相违。西州路，不应回首，为我沾衣。

元祐四年（1089），苏轼复遭旧党排挤，出守杭州；元祐六年（1091），被诏还朝。这首词就是苏轼还朝赠友人参寥子所作。自贬黄州以来，苏轼即历经政治风波，对于祸福、穷达已能泰然处之。此时苏轼虽再度还朝,但对世间功名早已看透,然而毕竟身有束缚,所以在这首词中还是表现出无常之悲慨。上阕首两句即写"有情""无情",表现了苏轼对潮起潮落之间的感慨苍凉。"有情""无情"既有道家经典之出处,又有佛教义理之所源,也为儒家思想所融纳。《世说新语·伤逝》篇记载玄学家王衍所说:"圣人忘情,最下不及情,情之所钟,正在我辈。"佛教则认为生命体之存在即有情世间,表现了佛教对众生的怜悯情怀。苏轼此词用"有情""无情"两词既契合了酬赠对象的身份,也表明了苏轼本身对于人世未能忘情的态度,滚滚的钱塘潮隐寓了苏轼对人世盛衰的无穷悲慨。其下则接以作者数十年沧桑往事,同时抒写二人志趣相得之情。"谁似东坡老,白首忘机"将感慨和幽怨扫之一空,显出超拔之气。下阕续写二人交往事宜。西湖西畔,赏翠茗烟,诗酒唱和,相知相得,这段友情可谓深厚高洁。接下几句呼应上阕主题,送别在即,他年再约,泛海共隐。这几句写得悲痛莫名,感人至深。"雅志莫相违",暗示着苏轼对再入朝廷的无限忧恐。"西州路"通过谢安殁后其甥羊昙不入西州路而偶醉经过,乃恸哭而去的典故,表现了苏轼对其终生志趣不得施行而可能与友人生离死别的忧惧。叶嘉莹说:"综观此词,则一起之开阔健举,确如天风海涛之曲,而前片结尾之'白首忘机'也大有超旷之怀。然而中间几度转折,既有今古盛衰之慨,又有死生离别之悲,更虑及入朝从政之堪危,知交乐事之难再,百感交集,并入笔端。"(叶嘉莹《唐宋词十七讲》)

## 2 去国十年老尽少年心：黄庭坚与《山谷词》

元祐词人多为苏轼弟子，其中最著者为"苏门四学士"。四人中，除张耒外，黄庭坚、秦观、晁补之均不愧一代作手。当时秦、黄并称，陈师道即说："今代词手，惟秦七、黄九耳，唐诸人不逮也"（陈师道《后山诗话》）。然而后人品评秦、黄优劣，多认为秦优于黄。冯煦说："后山以秦七、黄九并称，其实黄非秦匹也。若以比柳，差为得之。盖其得也，则柳词明媚，黄词疏宕，而亵诨之作，所失亦均。"（冯煦《蒿庵论词》）黄庭坚之失则在于其艳俗之作。摒除此类作品，黄庭坚词作之开径独行，亦为当时一大家。

黄庭坚（1045~1105），字鲁直，号山谷道人，晚号涪翁，江西修水人。治平四年（1067），登进士第，先后任叶县县尉、太和知县、德州德平镇监、校书郎、著作佐郎等职。元祐六年（1091），得苏轼荐，擢起居舍人、秘书丞。绍圣二年（1095），以元祐党人被贬为涪州别驾、黔州安置。徽州崇宁二年（1103），以文字罪罢官除名，羁管宜州。崇宁四年（1105），卒于贬所。私谥文节先生。著有《豫章黄先生文集》30卷，《山谷词》1卷，共190首。

黄庭坚为苏轼后文学领袖，其诗和书法造诣极高，与苏轼齐名。其作诗不肯依傍前人，力求"自成一家始逼真"。他对词的态度与对诗不同，据毛晋《山谷词·跋》载："鲁直少时，使酒玩世，喜造纤淫之句，法秀道人诫曰：'笔墨劝淫，应堕犁舌地狱。'鲁直答曰：'空中语耳。'"显然，黄庭坚认为艳俗之词不过是无病呻吟，只当游戏之作。所以，黄庭坚词作中不乏绮艳之词，不足为怪。然而，黄庭坚有意为之的词作，却多有可观。

缪钺曾赋七言绝句评黄庭坚词云："平生不愿随人后，书法诗篇见异才。余事填词犹倔强，门墙肯傍大苏来。"（缪钺《缪钺说词》）黄庭坚词之佳处正如其诗，傲兀倔强，意气潇洒，与苏轼之旷达应有不同。

### 念奴娇

八月十七日，同诸甥步自永安城楼，过张宽夫园，待月。偶有名酒，因以金荷酌众客。客有孙彦立，善吹笛。援笔作乐府长短句，文不加点。

断虹霁雨，净秋空、山染修眉新绿。桂影扶疏，谁便道、今夕清辉不足？万里青天，姮娥何处？驾此一轮玉。寒光零乱，为谁偏照醽醁。

年少从我追游，晚凉幽径，绕张园森木。共倒金荷，家万里、难得尊前相属。老子平生，江南江北，最爱临风曲。孙郎微笑，坐来声喷霜竹。

### 水调歌头

瑶草一何碧，春入武陵溪。溪上桃花无数，枝上有黄鹂。我欲穿花寻路，直入白云深处，浩气展虹霓。只恐花深里，红露湿人衣。

坐玉石，敧玉枕，拂金徽。谪仙何处，无人伴我白螺杯。我为灵芝仙草，不为朱唇丹脸，长啸亦何为？醉舞下山云，明月逐人归。

《念奴娇》作于黄庭坚被贬谪黔州时，黔州生活条件恶劣，黄庭坚曾写《定风波》词，说"万里黔中一漏天，屋居终日似乘船"。贬谪至此，心情当是恶劣的了，但黄庭坚仍以傲岸高旷的胸襟对待这一切。上阕写明月之夜，极力营造一种清远澄明之境。雨后虹霓，碧空如洗，远山如黛，这是薄暮时清新悠远之景。月中桂影婆娑，明澈清冷，比中秋之月，并无不足。词人突发奇想，寥廓青天之上，嫦娥驾此明月何往？月光如洒，与杯中之酒恰相影映。从此词上阕我们可以感受到黄庭坚与天地自然的融合以及他逸兴横飞之概。下阕是对生平的追忆，而措辞从容不迫，从所追游诸甥写起，由共同离家万里写到自己漂流异乡之心态。应该说其音律是由略显低沉而趋于高亢的。"老子平生，江南江北，最爱临风曲"，振拔出奇，将词人身处逆境而矫健高举之姿形容殆尽。末句笛声之清越，再次凸显主题。

《水调歌头》写得更为洒脱不羁，正如行云流水，一气呵成。此词单笔直行，潜气内转，上阕写词人穿溪行路，直抵白云深山，由远及近，节奏明畅。溪以"武陵"为名，具有隐喻色彩，溪边桃花烂漫，黄鹂鸣啭。主人公一路行来，似入仙山。长歌浩叹，直如虹霓明净。"只恐花深里，红露湿人衣"言其高朗之情，虽红露湿衣，犹沉醉其中。下阕更

三　别是风流标格：苏轼与元祐词坛　73

**黄庭坚《水调歌头》（瑶草一何碧）**

展开作者自我形象的呈现，坐玉石之上，以玉枕斜靠，手拂金徽琴弦，飘飘欲仙，恍若世外之人。其飘逸高蹈，可与谪仙人对酌。"我为灵芝仙草"等几句，回应上阕"武陵"之意，本欲出世，何妨狂放！故"长啸""醉舞"正是黄庭坚超轶绝尘的不羁表现，同时也表现出了黄庭坚坦荡磊落、俯仰自得之情。

黄庭坚词作中也有表现悲郁之情的，不过在他的悲慨之作中带有强烈的愤激情感。如下面这首词。

### 虞美人　宜州见梅作

天涯也有江南信，梅破知春近。夜阑风细得香迟，不道晓来开遍向南枝。

玉台弄粉花应妒，飘到眉心住。平生个里愿杯深，去国十年老尽少年心。

这首词当是咏梅之作，与一般咏物词又有不同，而与苏轼《卜算子》（缺月挂疏桐）有异曲同工之妙，一隐约含蓄，写孤洁之怀；一洒脱不羁，抒悲凉之慨。此词作于黄庭坚逝世前一年，此时黄庭坚因文字狱流放至宜州看管，心情之激愤可以想见。然而黄庭坚亦非初遭此劫难，他的官宦生涯也是迭经贬谪，当然，他遭遇贬谪也是遇变不惊，处之泰然，且多以笑傲之气待之，前面两词即已见之。此词出笔即见苍凉梗塞之气，贬谪天涯，春梅仍见，作者之孤高兀傲之情可见。上阕写梅花一夜之间开遍南枝，下阕写梅花卓立不群，而为群花所妒。此处想象比较奇特，虽用寿阳公主典故，却以故为新，说梅花虽不为群花接受，却仍是住到美人眉心，表现了作者自傲之情。当然，这种傲然是带着足够的悲怆的，离京十年，当年活泼果锐的勇气磨损殆尽，只愿沉埋于酒中。联系上文，可知作者的愤激是不吐不快的。

夏敬观评黄庭坚词云："曩疑山谷词太生硬，今细读，悟

其不然。'超轶绝尘，独立万物之表；驭风骑气，以与造物者游'，东坡誉山谷之语也。吾于其词亦云。"（夏敬观《夏敬观手批山谷词》）从黄庭坚的优秀之作来看，他是无愧于这一评语的。

## 3 杜鹃声里斜阳暮：秦观与《淮海居士长短句》

苏门弟子中，秦观词名最盛。晚清学者冯煦这样评论秦观："少游以绝尘之才，早与胜流，不可一世；而一谪南荒，遽丧灵宝。故所为词，寄慨身世，闲雅有情思，酒边花下，一往而深；而怨悱不乱，悄乎得《小雅》之遗，后主而后，一人而已。……予于少游之词亦云：他人之词，词才也；少游，词心也。得之于内，不可以传，虽子瞻之明隽，耆卿之幽秀，犹若有瞠乎后者，况其下耶！"（冯煦《蒿庵论词》）

冯煦的评论涉及秦观作词的两个阶段：贬谪之前和贬谪以后。叶嘉莹认为，秦观早期词，"表现了一种柔婉幽微的感受"，不必有什么寄托；贬谪以后的词，则是寄慨身世的词，多凄惋悲凉。这种认识应该是非常到位的。

秦观（1049～1100），字少游，一字太虚，江苏高邮人。年少狂放，沉沦风月，神宗元丰八年（1085）始中进士，授蔡州教授。元祐二年（1087），苏轼举荐于朝；元祐六年（1091），任秘书省正字，兼国史院编修官。宋绍圣元年（1094），秦观以元祐党人被贬监处州酒税；绍圣三年

（1096），削秩，徙郴州；绍圣四年（1097），编管横州。元符元年（1098），除名，移雷州，元符三年（1100），秦观放还至藤州，病卒，享年52岁。其有《淮海词》40卷、《后集》6卷、《淮海居士长短句》3卷。

秦观文才极高，苏轼对其甚为推爱。秦观死后，苏轼题词于扇，曰："少游已矣，虽万人何赎！"其诗王安石也十分赞赏，认为诗风如鲍、谢。元好问论诗绝句中说："有情芍药含春泪，无力蔷薇卧晚枝。拈出退之山石句，始知渠是女郎诗。"（元好问《论诗绝句三十首》之一）他认为秦观诗风柔弱凄惋，后世因而多以"女郎诗"称之。秦观诗如此，词尤如是。因其灵心善感，故叶嘉莹以"词人之词"称之。

秦观早年出入于红楼歌馆，因而词中寻愁觅恨，儿女情长之作较多。如脍炙人口的《满庭芳》。

山抹微云，天连衰草，画角声断谯门。暂停征棹，聊共引离尊。多少蓬莱旧事，空回首、烟霭纷纷。斜阳外，寒鸦万点，流水绕孤村。

消魂！当此际，香囊暗解，罗带轻分。谩赢得青楼，薄幸名存。此去何时见也？襟袖上、空惹啼痕。伤情处，高城望断，灯火已黄昏。

此词上阕写景，景中暗含情事，含蓄委婉，与柳永离别之作截然不同。词作起笔即以精切之对仗描写出远山淡云、草天相接之苍茫景象，对仗之佳乃至时人呼为"山抹微云秦学士"。

接着写离别,却轻轻带过,以"聊共引离尊"屈屈五字涵盖,仅一"聊"字将此黯然情绪带起。由此黯然情绪引起作者对往事之追忆,然而往事似不堪言,作者依然用隐微之笔一笔收束,所有的往事也无非是"蓬莱旧事",用词之精简迷离,无人能敌。至于旧事如何触动他的情怀,词中也没有展示,而是以淡远孤寂的画面作结。烟水茫茫,残阳一抹,数点寒鸦,孤村流水,虽为实景,却尽显迷离惝恍之境。下阕写离别情事,解赠香囊,衣袂分离,用"暗"字和"轻"字足显两人情深意长,恋恋不舍,销魂之情绪自然涌起。"谩赢得青楼,薄幸名存"则将身世之感并入艳情,爱情和仕途两不称意。"空惹啼痕"之"空"字又将此酸辛展示弥满。结句处和上阕一样笔法,以幽暗感伤之画面作结。高城隐去,只剩黄昏灯火,令人惆怅无极。应该说,这是典型的秦观风格,含蓄幽婉,缠绵悱恻,而又销魂凄黯。其他如《望海潮》(梅英疏淡)、《八六子》(倚危亭)、《满庭芳》(晓色云开)等名作皆是如此。

秦观早期词作中充分表现其"柔婉幽微的感受"的作品是《浣溪沙》。

漠漠轻寒上小楼,晓阴无赖似穷秋,淡烟流水画屏幽。

自在飞花轻似梦,无边丝雨细如愁,宝帘闲挂小银钩。

这首词在少游词作中,真是别具一格,即便置于唐宋诸名家词中,亦尤为颖异。此词通篇写景,似从温庭筠而来,然而温作中纯是客观描摹,情绪化的表现并不多见。少游此词则将若有若无的迷离愁绪贯穿在每一处景物之中。"漠漠轻寒",广漠的清寒之中,透露出一种漠然、清冷的气息;"晓阴无赖似穷秋",是一种阴沉、黯淡的天气,正如深秋之萧瑟;"淡烟流水画屏幽",与楼外场景形成对应,清幽淡漠,悠思断续。下阕倚楼远眺,雨中飘絮,轻柔似梦,细雨密织,恍如愁思。这里的比喻十分巧妙,通常的比喻是用形象之物比喻抽象之物,而秦观却反之,以形象之物为本体,而抽象之物为喻体,显见抽象之物已在他的人生积淀中化为固定的形象和情绪了。在秦观的人生体验中,梦多是轻柔飘忽的,愁多是细密迷蒙的。这首词对景物的描写实贯注了秦观丰富的情感体验。末句"宝帘闲挂小银钩"宕开一笔,视线回到房内,依然静谧闲愁,轻淡迷离。整首词刻画的其实是一种情绪,幽婉迷离之感通过细致的外部景物的刻画凸显出来,正如冯煦所说"闲雅有情思"。

绍圣三年(1096),秦观因坐党籍,流徙郴州,写下了他一生之中"最为凄惋"之作——《踏莎行·郴州旅舍》,王国维认为此词有凄厉之音。

### 踏莎行　郴州旅舍

雾失楼台,月迷津渡,桃源望断无寻处。可堪孤馆闭春寒,杜鹃声里斜阳暮。

驿寄梅花,鱼传尺素,砌成此恨无重数。郴江幸自绕郴山,为谁流下潇湘去?

此词上阕写景,下阕写情和事,景物描写中又暗含着情

三　别是风流标格：苏轼与元祐词坛　79

**秦观《踏莎行·郴州旅舍》**

事，实为秦观的一贯写法。楼台笼罩在迷雾之中，津渡隐没在朦胧的月色里面，桃源之路闭塞难寻，情景是黯淡迷蒙的。叶嘉莹说，这三句是虚写，"盖以在此三句之下，作者原来还明明写着'可堪孤馆闭春寒，杜鹃声里斜阳暮'的描述"（叶嘉莹《唐宋词十七讲》）。正因时间的不对应，所以"'雾失楼台'三句，则不过是诗人内心中的深悲极苦所化成的一片幻景的象喻"。这的确是词中的独创之境,李商隐曾有"沧海月明珠有泪,蓝田日暖玉生烟"诗句,亦为幻化之境,秦观奇妙构思或从此而来。"可堪孤馆闭春寒,杜鹃声里斜阳暮"对应题旨,将作者悲苦凄零之情渲染到极致。秦观贬谪到郴州时,已被削夺所有官职,又旅途孤凄,故有春寒冷寂,杜鹃哀鸣之感。下阕写友朋寄书,反增无限愁恨。其时苏门诸人均入元祐党籍,多窜贬蛮荒,秦观既为己悲,又为友悲,此恨无穷。末两句可谓"无理而妙",郴江本自绕郴山,秦观却说"幸自",将郴江转为有情之物,"为谁流下潇湘去"言此郴江竟流出郴山,而直下潇湘不返,则此自然"有情之物"又转无情。秦观对此自然之物的矛盾正是其对人生悲苦无奈的深层反诘。

秦观词作中亦有悲愤之作,与其柔婉凄凉、怨悱不乱亦不同。绍圣三年(1096),秦观流徙郴州途中,经过衡阳,写下了后人认为是自悼之作的词——《千秋岁》。

### 千秋岁

水边沙外,城郭春寒退。花影乱,莺声碎。飘零疏酒盏,离别宽衣带。人不见,碧云暮合空相对。

忆昔西池会,鹓鹭同飞盖。携手处,今谁在?日边清梦断,镜里朱颜改。春去也!飞红万点愁如海。

此词上阕对景抒怀。首四句写春景,城郭内外,春寒已退,繁花簇锦,莺声流啭,一片春光灿烂。而对此美好之景,

三　别是风流标格：苏轼与元祐词坛　81

词人并没有愉悦欢畅，反而身世之悲涌上心头，正如王夫之所说"以乐景写哀，以哀景写乐，一倍增其哀乐"（王夫之《姜斋诗话》）。词人流落江湖，飘零不偶，而疏于饮酒，离别亲友，孤苦一身，而为之憔悴，只得见水与天齐，渺茫哀寂。下阕由看不见人而忆人，追念师友酬唱之乐。"西池会"，据言为元祐七年（1092）的西园雅集，其时秦观为国史院编修，翰林学士，意气风发。这次雅集甚为盛大，唱酬者26人，皆一时俊彦。"鹓鹭"指朝官行列整齐，"飞盖"指馆阁同人乘车赴宴，车水马龙之文酒之会盛极一时。这两句仅言曾经的文士风流。"携手处"四句则言与情人的离别之悲，过往的爱情也荡然无存。"日边清梦"指帝京旧梦，所指则隐含当时的政治生活。梦想依然在，朱颜却已老，显然已是绝望之辞。"春去也"不仅指眼前所见之繁华春光，也指往昔种种胜况，俱不复返。"飞红万点愁如海"从杜甫"风飘万点正愁人"化出，杜甫写的是残春风雨摧花，而秦观写的是繁盛之春，花团锦簇，愁如花海一样触目，则此愁之深广忧愤可见一斑。

## 4　老来风味，春归时候：晁补之与《晁氏琴趣外篇》

　　晁补之词最似东坡。民国学者张尔田云："学东坡者，必自无咎始，再降则为叶石林，此北宋正轨也。"（张尔田《忍寒词序》）至于晁补之与苏轼之别，刘熙载云："晁无咎坦易之怀，磊落之气，差堪骖靳，然悬崖撒手处，无咎莫能追蹑矣"（刘熙载《词概》）。

晁补之（1053~1110），字无咎，山东巨野人。少时即为苏轼所赏识，元丰二年（1079）进士，调北京国子监教授。元祐初，为太学正，后迁校书郎，以秘阁校理通判扬州。因坐修《神宗实录》失实，降通判应天府亳州，绍圣四年（1097）坐党籍，贬监信、处二州酒税。宋徽宗继位，晁补之得赦，召为著作佐郎，后为史馆编修，出知河中府，徙湖州、密州、果州，主管鸿庆宫。大观二年（1108），晁补之还家，葺归来园，自号归来子。大观末年（1110），复起用知达州，改泗州。同年卒，终年58岁。其有《鸡肋集》70卷，《晁氏琴趣外篇》6卷，收词157首。

晁补之词有前后期之别。前期词流连光景，送别酬唱之作较多，风格大体婉约柔丽，也有些词作有明显的模仿苏轼词的痕迹。绍圣四年（1097）因元祐党人贬谪信州以后，晁补之词作中不断涌现归隐情绪。如这首作年不明的《水龙吟》。

**水龙吟　次韵林圣予惜春**

问春何苦匆匆，带风伴雨如驰骤。幽葩细萼，小园低槛，壅培未就。吹尽繁红，占春长久，不如垂柳。算春常不老，人愁春老，愁只是，人间有。

春恨十常八九，忍轻孤、芳醪经口。那知自是，桃花结子，不因春瘦。世上功名，老来风味，春归时候。纵樽前痛饮，狂歌似旧，情难依旧。

上阕写暮春景象，起笔凄婉。暮春风雨最为无情，摧落繁花，如电光火石。接下来解释繁花易残之原因，是因为这些花种于小园低槛之内，植根太浅，而柳树经春，却最长久。由春柳不凋，时序代谢而引出词人对春天的看法，人之所以惜春仅因人愁己老。应该说这是一种超旷的认识。下阕则言春恨人间常有，不必定在春天。桃花残谢也不过因结桃实，与春何干。此似为解脱之词，然而人事代谢却仍然让人伤怀，以儒家士大夫出身的晁补之也曾汲汲于功名，而终究一事无成，宦途乖舛，徒落得老大伤悲，恰如春花易谢。这表现了晁补之幽咽难名的矛盾心态，一方面，对于自然代谢有清醒的认识；另一方面，一己之悲仍难以释怀。所以冯煦说："（晁无咎）所为诗余，无子瞻之高华，而沉咽则过之。"（冯煦《蒿庵论词》）这首词情感的吞咽起伏足以证之。

大观二年（1108），晁补之遭遣归家，葺归来园以隐，情感复有变化。他对于闲隐的生活实有相当的自适，对于功名利禄也能够淡然视之，隐然有东坡恬淡超适之意。如他的名作《摸鱼儿》（东皋寓居）。

买陂塘、旋栽杨柳，依稀淮岸江浦。东皋嘉雨新痕涨，沙觜鹭来鸥聚。堪爱处，最好是一川夜月光流渚。无人独舞。任翠幄张天，柔茵藉地，酒尽未能去。

青绫被，莫忆金闺故步。儒冠曾把身误。弓刀千骑成何事？荒了邵平瓜圃。君试觑。满青镜星星鬓影今如许！功名浪语。便似得班超，封侯万里，归计恐迟暮。

此词上阕写东皋美景。上阕前三句总写,东皋植柳掘塘,风景宛如淮水之畔、长江之滨一样风姿绰约。后几句分别抒写东皋雨后新绿、沙鹬鸥鹭聚集、夜暮月色临江之美,词人面对恬适清逸美景,陶然其中,月下独酌,翠柳遮天,青草铺地,意兴极豪。下阕写其意兴阑珊,身世之痛涌上心头,转入议论。"金闺故步"指曾经供职馆阁的辉煌,此句说"莫忆",下句说"儒冠曾把身误"隐含对过去的痛悔。"弓刀千骑"指词人以前的太守生活。而做官的生活不仅使田园荒废,而且蹉跎岁月,使鬓发苍白。功名不过是废话而已。即便能够建功立业,如班超封侯,归来已是迟迟老矣。下阕词中显然有无限愤激和感慨,实减弱了上阕超旷之意。故刘熙载认为他"悬崖撒手处",实不及苏轼。

大观末年(1110)晁补之复起任泗州知州,同年,卒于任上。卒前写下了这首绝笔之作。

### 洞仙歌　泗州中秋作

青烟幂处,碧海飞金镜。永夜闲阶卧桂影。露凉时、零乱多少寒螀,神京远,惟有蓝桥路近。

水晶帘不下,云母屏开,冷浸佳人淡脂粉。待都将许多明,付与金尊,投晓共流霞倾尽。更携取胡床上南楼,看玉做人间,素秋千顷。

晁补之作此词时已58岁,之前历经宦海风波,浮浮沉沉。此年虽复起用,但对于人间功名已有超然之态。此词咏中秋。上阕写中秋夜景,遥望高空,烟霭茫茫,明月冉冉升起,桂影静卧闲阶,"闲"和"卧"将明月之夜的恬静毫厘毕现。后几句由夜深露凉而转入幽暗凄冷之情绪。京城的政治生活已渐渐远去,人生的失意只有寄怀于美酒佳人。这种失意是短暂的,明月当头,心境洒脱澄澈。水晶帘、云母屏、浅妆素颜佳人,都与玲珑冷月和谐一体,整个画面是清幽淡雅的,词人心情也为之宕开,明月如能贮藏,则倒满杯中,与朝霞共饮,词人豪宕洒脱之情因良辰美景而愈益彰显,顿时澄怀去虑,完全沉醉于清秋冷月中,携床赏月,气度恢宏。这首词无疑反映了晁补之暮年超旷高洁的人格转变。

## 5 红衣脱尽芳心苦:贺铸与《东山寓声乐府》

"苏门四学士"中张耒作词较少,相传仅 6 首,亦无足称,然而他对词体创作的认识却能深得词中三昧,他序同时词人贺铸《东山词》云:"余友贺方回,博学,业文,而乐府之词,高绝一世,携一编示余,大抵倚声而为之词,皆可歌也。或者讥方回好学、能文,而惟是为工,何哉?余应之曰:是所谓满心而发,肆口而成,虽欲已焉而不得者。若其粉泽之工,则其才之所至,亦不自知也。夫其盛丽如游金、张之堂,而妖冶如揽嫱、施之袪,幽洁如屈、宋,悲壮如苏、李,览者自知之,盖有不可胜言者矣"。

贺铸(1052~1125),字方回,号庆湖遗老,河南卫州人。其家五世任武职,喜谈天下事,尚气任侠。元祐六年(1091),得苏轼、李清臣荐,改文职,通判泗州,又倅太平州。其郁郁不得志,退居吴下。宋徽宗政和元年(1111),复起用,任朝奉郎,宣和元年(1119)致仕。宣和七年(1125),卒于常州僧舍,终年74岁。其著有《庆湖遗老集》20卷,《东山寓声乐府》4卷,收词284首。

贺铸词如张耒所序,奇情壮采,风格变化多端,而贺词最重要的特点则如陈廷焯所说:"方回词,胸中眼中,另有一种伤心说不出处,全得力于楚骚,而运以变化,允推神品"(陈廷焯《白雨斋词话》)。如贺铸名作《青玉案》。

**青玉案**

  凌波不过横塘路,但目送,芳尘去。锦瑟华年谁与度?月桥花院,琐窗朱户,只有春知处。

  飞云冉冉蘅皋暮,彩笔新题断肠句。试问闲愁都几许?一川烟草,满城风絮,梅子黄时雨。

  注:《青玉案》在贺集中作《横塘路》。

这首词作于贺铸闲居苏州之时,表面似写相思之情,实写郁郁不得志之"闲愁"。此词用典较多,首三句用曹植《洛神赋》"凌波微步,罗袜生尘"语,"锦瑟"句用李商隐《锦瑟》"锦瑟无端五十弦,一弦一柱思华年"句,"飞云"句用江淹《休上人怨别》"日暮碧云合,佳人殊未来"和《洛神赋》"乃税驾乎蘅皋"句,"彩笔"句则用江淹"梦笔生花"典故。这些用典都有色彩绮丽、情感幽怨的特点。此词上阕写佳人在望,却不得遇之情事,颇似《诗经〈蒹葭〉》"所谓伊

三　别是风流标格：苏轼与元祐词坛

人，在水一方"之追求。下阕自述幽居闲愁，愁绪无端，乃以"一川烟草，满城风絮，梅子黄时雨"拟之。这些景物都有迷蒙、飘忽、连绵之感，比喻是十分精妙的。沈祖棻说："这三句本是虚景实写，目的在于用作比譬，但所写确系春末夏初横塘一带的景物，它本足以引起纷乱的愁绪，所以写来就显得亦景亦情，亦虚亦实，亦比亦兴，融成一片。"（沈祖棻《宋词赏析》）贺铸的这种写法是从《离骚》而来，贺铸好谈天下事，而所志不骋，遂借美人香草之辞抒发其孤寂自守、追慕芳洁之愁结。再如《踏莎行》，亦有所相似。

　　杨柳回塘，鸳鸯别浦，绿萍涨断莲舟路。断无蜂蝶慕幽香，红衣脱尽芳心苦。
　　返照迎潮，行云带雨，依依似与骚人语。当年不肯嫁春风，无端却被秋风误。

这首词是咏红莲之作，它与苏、黄二家咏物之作又有不同。此词咏莲花，以体味莲花之神韵及可想象之意境入手，而不直书词人心绪，有托物比兴的特点，开姜夔咏梅、咏荷之作先河。上阕写红莲生长之地，四围绿柳池沼之地，鸳鸯鸣啭沟渠之间，红莲即栖居于其间。浮萍密密，阻断莲舟之路，采莲人远不能至，蜂蝶亦不光顾，虽红莲之美艳清香，却落得花瓣凋落，徒剩莲子苦心。下阕续写寂寥之景，渠塘夕照，行云微雨，红莲默默自语。"骚人"，指贺铸自己，红莲似向自己倾语：红莲不欲与百花争春，秋后却落寞一生，芳心独苦。陈廷焯评此词云："此词骚情雅意，哀怨无端，读者亦不知何以心醉，何以泪堕。"联系贺铸的生平，这首红莲曲正是贺铸孤贞自守、英雄迟暮的哀婉心曲。

贺铸词中也有豪放之作，所抒发的郁塞郁愤之气气冲牛斗，非同时词人可比，如号称其压卷之作的《六州歌头》。

少年侠气，交结五都雄。肝胆洞，毛发耸。立谈中，死生同，一诺千金重。推翘勇，矜豪纵，轻盖拥，联飞鞚，斗城东。轰饮酒垆，春色浮寒瓮。吸海垂虹。闲呼鹰嗾犬，白羽摘雕弓，狡穴俄空，乐匆匆。

似黄粱梦，辞丹凤；明月共，漾孤篷。官冗从，怀倥偬，落尘笼，簿书丛。鹖弁如云众，供粗用，忽奇功。笳鼓动，渔阳弄，思悲翁，不请长缨，系取天骄种。剑吼西风。恨登山临水，手寄七弦桐，目送归鸿。

此词上阕追忆其少年时交结豪雄，弓刀走马的豪侠生活，下阕抒写如今空怀报国之志，却无路请缨，沦为下僚的悲郁之情。笔力雄健，声韵宏亮，原其悲壮之由，龙榆生认为"《六州歌头》多以三字短句，层累联翩而下，而又平仄互协，几于句句用韵，顿觉繁弦急管，激楚苍凉，引吭高歌，使人神王……激壮为其原有之声情，故贺词以东部之洪音韵配合之，词情遂与声情相称，而推为此调之杰作"（龙榆生《填词与选调》）。

贺铸词不仅题材丰富，风格多样，而且音律精妙，龙榆生

## 三 别是风流标格：苏轼与元祐词坛

认为足为"诗人的词"的代表。如其用律极工的《水调歌头》（台城游）。

南国本潇洒，六代浸豪奢。台城游冶，襞笺能赋属宫娃。云观登临清夏，璧月留连长夜，吟醉送年华。回首飞鸳瓦，却羡井中蛙。

访乌衣，成白社，不容车。旧时王谢，堂前双燕过谁家？楼外河横斗挂，淮上潮平霜下，樯影落寒沙。商女篷窗罅，犹唱《后庭花》。

这首词在音律上的特点龙榆生所述甚详，他说："方回此调，不独平仄两叶，而又句句皆用同部之韵，声情越发，妙不可阶。……全首皆用第十部韵，而又以'麻'、'马'、'祃'三声通叶。麻韵本为发扬豪壮之音，宜写悲歌慷慨，激昂蹈厉，吊古伤今之情，更以'马'、'祃'之上、去声韵，相间互叶，轻重相权，何等嘹哓亢爽！声调组织之美，吾于贺氏此作与《六州歌头》，真有'观止'之叹"。龙榆生所言甚是，宜乎刘扬忠将贺铸视为元祐词坛独树一帜之词人，并认为贺铸词"预示着两宋词风即将面临一次大的转变"。

元祐词人众多，并多各具面目，除以上代表性词人外，尚有王安石、毛滂、李之仪、僧仲殊等词人，皆有独具匠心之思。

王安石（1021～1086），字介甫，江西临川人。著名政治家，诗、文亦为宋一大家。其词以《桂枝香》（金陵怀古）尤为知名。其亦作集句词，开一代风气，如《菩萨蛮》（数家茅屋闲临水）一词闲适淡远，宛然晚唐风味。

### 菩萨蛮

数家茅屋闲临水，轻衫短帽垂杨里。今日是何朝？看余度石桥。

梢梢新月偃，午醉醒来晚。何物最关情？黄鹂一两声。

毛滂（1056~?），字泽民，浙江江山人。《四库提要》评其词"情韵特胜"。其最著之作《惜分飞》，南宋周煇评云："语尽而意不尽，意尽而情不尽，何酷似乎少游也！"（周煇《清波杂志》）

### 惜分飞　富阳僧舍代作别语

泪湿阑干花著露，愁到眉峰碧聚。此恨平分取，更无言语空相觑。

断雨残云无意绪，寂寞朝朝暮暮。今夜山深处，断魂分付潮回去。

李之仪（1048~1117），字端叔，自号姑溪居士，山东沧州人。曾入苏轼幕府。其词风似柳永、秦观，小词则有齐梁乐府风味，如下面一首词。

### 卜算子

我住长江头，君住长江尾。日日思君不见君，共饮长江水。

　　此水几时休？此恨何时已？只愿君心似我心，定不负相思意。

　　僧仲殊，名挥，俗姓张，曾中进士，后弃家为僧，居杭州宝月寺。词集有《宝月集》，小令最工，清婉奇丽，如《南柯子》。

僧仲殊《南柯子》（十里青山远）

十里青山远,潮平路带沙。数声啼鸟怨年华,又是凄凉时候在天涯!

白露收残月,清风散晓霞。绿杨堤畔问荷花:记得年时沽酒那人家?

# 四 梦绕神州路：周邦彦与南北宋之际的词人

宋徽宗时期的词坛对宋词的发展起着关键作用的事件就是大晟府的建立。大晟府是宋廷设立的掌管太平音乐辞章的供奉官署，成立于徽宗崇宁四年（1105）。大晟府的主要工作就是制定音乐规范、推广新乐、审定古调和各种器乐黍尺、创作各种礼仪性辞章、给新定八十四调填写曲词等。其中推广新乐、填写曲词直接和词的创作有关，因而大晟府也罗致了当时不少词人，如周邦彦、田为、晁端礼、万俟咏、曹组等，而毛滂、叶梦得、赵令畤、谢逸、苏过等词人虽没有进入大晟府，却与大晟府有密切关系，也被视为大晟词人族成员（肖鹏《宋词通史》）。

大晟词人并没有继承元祐词人自由奔放的精神，也没有取得元祐词人那样伟大的成就，但大晟词人的创作预示着词坛的重要转变，那就是对音律的严谨性追求。且不说集宋词之大成的周邦彦，即便是同时期的贺铸，稍后的李清照，都表现出对词的典雅和协律的双重追求,这对于南宋词坛有着直接的影响。

## 1 憔悴江南倦客:周邦彦与《清真集》

周邦彦在宋词史上的地位,早有定评。历代对他词的好评,也是不绝如缕。对其词史地位的评论,深中肯綮的是陈廷焯的《白雨斋词话》,其中云:

> 词至美成,乃有大宗,前收苏、秦之终,后开姜、史之始;自有词人以来,不得不推为巨擘,后之为词者,亦难出其范围。然其妙处,亦不外沉郁、顿挫,顿挫则有姿态,沉郁则极深厚;既有姿态,又极深厚,词中三昧,亦尽于此矣。

周邦彦(1057~1121),字美成,号清真居士,浙江钱塘人。少疏检,而博涉百家之书。神宗元丰二年(1079),入京为太学生。元丰六年(1083),献《汴都赋》,擢为太学正。元祐二年(1087),出都为庐州教授,元祐四年(1089),转荆州教授。元祐八年(1093),迁溧水县令。绍圣四年(1097),还京为国子主簿,又迁授秘书省正字。徽宗靖国元年(1101),迁校书郎,后授考功员外郎、礼议局检讨、卫尉卿等职。政和二年(1112),出知隆德府,徙知明州。政和六年(1116),还京为秘书监,次年,提举大晟府。重和元年

(1118),出知真定府,徙知处州,旋提举南京鸿庆宫。宣和三年(1121)卒,享年66岁。著有《清真先生文集》24卷,词集《清真集》2卷,收词127首。

周邦彦的为人,应该是很独特的,他并没有进入政治中心,虽颂谀过权贵蔡京,却与蔡京集团保持距离。他的词作中也很少有诗友唱和之作,所以肖鹏猜测,"与苏轼的那种社交写作比起来,周邦彦更像是一位踽踽独行的行吟诗人"。

周邦彦词的特点,如陈廷焯所说"沉郁、顿挫",此以诗喻词,王国维也因而比之为"词中老杜"。论述尤详者为冯煦在《蒿庵论词》中所言:

陈氏子龙曰:"以沉挚之思,而出之必浅近,使读之者骤遇之如在耳目之前,久诵之而得隽永之趣,则用意难也。以儇利之词,而制之必工炼,使篇无累句,句无累字,圆润明密,言如贯珠,则铸词难也。其为体也纤弱,明珠翠羽,犹嫌其重,何况龙鸾?必有鲜妍之姿,而不藉粉泽,则设色难也。其为境也婉媚,虽以惊露取妍,实贵含蓄不尽,时在低回唱叹之余,则命篇难也。"张氏纲孙曰:"结构天成,而中有艳语、隽语、奇语、豪语、苦语、痴语、没要紧语,如巧匠运斤,毫无痕迹。"毛氏先舒曰:"北宋词之盛也,其妙处不在豪快而在高健,不在艳冶而在幽咽。豪快可以气取,艳冶可以言工,高健幽咽,则关乎神理,难可强也。"又曰:"言欲层深,语欲浑成。"诸家所论,未尝专属一人,而求之两宋,惟片玉、梅溪，足以备之。周之胜史，则又在浑之一字，词至于浑而无可复进矣。

此引述虽繁，然足见周邦彦词之全面性。核而析之，周词有四个特点。

其一，以浅近之笔抒其沉挚柔婉之情。此尤表现在其小令创作中。薛砺若言周邦彦"小令亦复清丽动人"（薛砺若《宋词通论》），其说类似者如周邦彦小令中的两首名作。

### 少年游

并刀如水，吴盐胜雪，纤指破新橙。锦幄初温，兽香不断，相对坐吹笙。

低声问：向谁行宿？城上已三更。马滑霜浓，不如休去，直是少人行！

### 玉楼春

桃溪不作从容住，秋藕绝来无续处。当时相候赤阑桥，今日独寻黄叶路。

烟中列岫青无数，雁背夕阳红欲暮。人如风后入江云，情似雨余黏地絮。

《少年游》据说写李师师、周邦彦、宋徽宗三人艳事，此固荒诞不经，然亦见此词之流播人口。此词上阕写景，下阕纪言，似从韦庄而来，然其写景用语极清雅，纪言用语却极直

#### 四 梦绕神州路：周邦彦与南北宋之际的词人

俗，上下阕之间无生硬隔阂处，可谓雅而能俗。上阕先实写，并州之刀、吴地之盐、纤纤玉指、新摘之橙，都是明净素洁之物，塑造了一种清澈寂静之感，而一"破"字似增加了动感，但联系"纤指"二字，当可想象动作之轻柔恬静。继而写男女情事，温香暖玉，旖旎风流，袅袅炉香，琴笙悦耳，柔情蜜意可想而知。下阕虚写，城上三更，霜浓马滑，室内室外何其不同，室内温馨秾丽，室外寒冷凄苦，而室外之景由女子口中道出，其温存妩媚之态可以想见，末尾两句则是劝词，虽非直接挽留之语，其情味则已见之。

《玉楼春》词，俞平伯言其有三大特点："词情与调情相惬，一也。《玉楼春》亦名《木兰花》，四平调也，故宜排偶，便铺叙。……调情不宜拙而拙之，一拙而竟拙矣。……著色之秾酣，二也。……用大排偶法，三也。尽八句为四对仗"（俞平伯《清真词释》）。绎而言之，俞平伯言此词"词情与调情相惬"，指此词通体用记叙的手法，上阕写今昔之间男主人公的行事对比，而显出男子追悔之情；下阕写现今的情感无处安放，苍茫日暮中的青山连绵不绝，夕阳似随大雁离去，不知夜暮在何处。而所谓"一拙而竟拙"，指第二句"秋藕绝来无续处"已言情之不复，第四句"今日独寻黄叶路"似说男子已知情缘已了，却仍于秋深之际等待，此谓拙之一；七、八两句一言女子已如风后散入江心的云，了无踪迹，一言男主人公之情仍如雨后"黏地"之飞絮，无法解脱，此拙之二。"著色之秾酣"则指"桃溪""秋藕""赤阑""黄叶""岫青""夕阳"莫不色彩鲜艳，画面感极强。"用大排偶法"指此词每两句均相对，置于律诗中也绝无仅有，且其中对仗不仅字词性质相对，而且每一联均有春景和秋景相对的意味。可见此词虽短，但章法绵密不下于长调，其情感的柔婉密丽亦由此见之。

周邦彦《玉楼春》（桃溪不作从容住）

其二，长调词的结构严密，并有开阖变化之妙。关于这点，前人所论甚多，不一一列举。表现其结构之工的名作如

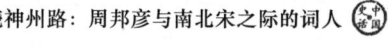

## 四 梦绕神州路：周邦彦与南北宋之际的词人

《六丑》（蔷薇谢后作）。

正单衣试酒，怅客里、光阴虚掷。愿春暂留，春归如过翼，一去无迹。为问家何在？夜来风雨，葬楚宫倾国。钗钿堕处遗香泽。乱点桃蹊，轻翻柳陌。多情最谁追惜？但蜂媒蝶使，时叩窗槅。

东园岑寂，渐蒙笼暗碧。静绕珍丛底，成叹息。长条故惹行客，似牵衣待话，别情无极。残英小、强簪巾帻，终不似、一朵钗头颤袅，向人欹侧。漂流处、莫趁潮汐。恐断红、尚有相思字，何由见得？

任二北在《研究词集之方法》中对此词结构的繁复有精到的理解。他说："此词大意，乃作者借谢后蔷薇自表身世，时而单说人，时而单说花，时而花与人融会一处，时而表人与花之所同，时而表人不如花之处。"上阕首三句写客里游子，怅叹时光流逝，落寞之情即已见之。"春归"三句写"花谢"，春天如鸟之飞过，了无痕迹。苏轼有诗云："人生到处知何似，应似飞鸿踏雪泥。"此词情感或相似。"为问家何在"三句，既呼应了"客里"二字，又诠释了"春归如过翼"，春花不见怜于风雨，人何以堪？此词的隐喻性可以说极强。"钗钿"三句言零落之花只遗香泽，而或追逐流水，或化入尘土，可哀已深，也隐谓词人客里飘零，无人慰藉。"多情"三句言落花仍有蜂蝶吹起，叩打窗槅，也隐谓人不如花。下阕"东园"四句，因物及人，挽起上段，既惜花之残寂，也寓同病相怜之意。"长条"三句言花亦惜人，"牵衣待话"将此缱绻哀怜之情充分表露。"残英"三句言谢后蔷薇不似盛春繁花簪人发际，只能簪于头巾，楚楚生怜之状呼之欲出。"漂流处"几句宕开出去，意思翻新，词人看到落花飘落水中，便想到红叶题诗之典，蔷薇花上或亦有相思之字，如随波流走，谁能得见。《蓼园词选》评此词末句："结处意致尤缠绵无已，耐人寻绎。"任二北评此词章法云："章法乃因人及物，因物及人，纠纽拍搭而成；修辞则专择情景幽通之处，融会入细，并重用问语，以提明意旨。"

其三，周邦彦词在情感表达上，多具吞吐之妙，梁启超定义为"吞咽式"表情法。吞咽式表情法为"回荡的表情法"四种方式之一。梁启超说：

"回荡的表情法"是一种极浓厚的情感蟠结在胸中，像春蚕抽丝一般把他抽出来。这种表情法，看他专从热烈方面尽量发挥，和前一类（指"奔迸的表情法"）正相同。所异者，前一类是直线式的表现，这一类是曲线式或多角式的表现。前一类所表的情感，是起在突变时候，性质极为单纯，容不得有别种情感搀杂在里头。这一类所表的情感，是有相当的时间经过，数种情感交错纠结起来，成为网形的性质。（梁启超《中国韵文里头所表现的情感》）

"回荡的表情法"包含四种方式：螺旋式、堆垒式、引曼式、吞咽式。对词人而言,梁启超认为"吞咽式"运用到极致的有周邦彦、柳永、李清照三人。而周邦彦则以《兰陵王》为代表。梁启超说《兰陵王》"读起来一个个字都是往嗓子里咽"。

### 兰陵王

柳阴直,烟里丝丝弄碧。隋堤上,曾见几番,拂水飘绵送行色?登临望故国。谁识,京华倦客?长亭路,年去岁来,应折柔条过千尺。

闲寻旧踪迹。又酒趁哀弦,灯照离席。梨花榆火催寒食。愁一箭风快,半篙波暖,回头迢递便数驿,望人在天北。

凄恻,恨堆积。渐别浦萦回,津堠岑寂。斜阳冉冉春无极。念月榭携手,露桥闻笛。沉思前事,似梦里,泪暗滴。

此词为三片,亦为三段意思。第一段以柳色铺写别情,首两句写柳条姿态,高柳垂阴,薄烟弄碧,千丝万缕,依依有情。"隋堤上"几句为倒叙手法,并且主人公将自己立于旁观者的身份,有冷峻苍凉之意,柳条泛水,几度迎来送往?"登临"三句点出主人公的身份和心态,"望故国"表达了作者对京城存眷念之心,而"京华倦客"则是作者对京城生厌倦之意,此中甘苦,难以言表,已见吞吐之妙。"长亭路"三句忽起奇思,年年送别,人们所折的柳枝加起来怕上千尺吧?此虽写柳,实是写人,是对上几句的生发,含无限感慨。第二段写离筵别情。"闲寻旧踪迹"照应"曾见"句,以前或为我送人,而今人送我,抑或辗转京华,再度出京,故此"闲"字实写出心中苦楚,亦不道破。"又酒趁哀弦"三句点明当前情境,"哀弦""离席""寒食"等词将离别之凄清铺叙无余。"又"字亦为对"旧踪迹"之回应,情感推进一层。"愁一箭风快"四句为想象之词,风急舟速,人已在遥远之北。"人"指周邦彦自己,据罗忼烈考证,此词为周邦彦出京知真定府所作,真定府在开封之北,故"望人在天北"实含怅望之意,情感低沉反复。第三段写旅程中的情思。往事如山,"恨堆积"几字将多年以来的沉重积恨提挈起来,"渐别浦萦回"三句虽为写景,却将词人心中的沉重化之物象,水路迂远寂寞,春色无穷,黄昏将近,惆怅迟暮之悲显然。梁启超评"斜阳冉冉春无极"句云"绮丽中带悲壮"(梁启超《饮冰室评词》),将词人连绵不尽之哀思含蓄不尽地表达出来了。"念月榭"两句为对京华美好情事的回忆,仅两句便煞住,"沉思前事"三句将前尘往事一笔带过,以"泪暗滴"结束,哀婉沉痛之情不能已。陈廷焯评此词云:"一则曰登临望故国,再则曰闲寻旧踪迹,至收笔沉思前事,似梦里,泪暗滴,遥遥挽合,妙在才欲说破,便自咽住,其味正自无穷。"(陈廷焯《白雨斋词话》)

其四,周邦彦词之音律谐美精工,无有出其右者。王国维《清真先生遗事》云:"先生之词,文字之外,须兼味其音律。惟词中所注宫调,不出教坊十八调之外,则其音非大晟府之新声,而为隋、唐以来之燕乐,固可知也。今其声虽亡,读其词者,犹觉拗怒之中,自饶和婉,曼声促节,繁会相宣,清浊抑扬,辘轳交往。两宋以来,一人而已。"龙榆生曾详细分析了《兰陵王》(柳阴直)的声律特点,认为《兰陵王》词有奇崛拗怒的特点。我们再看下面一首词：

### 满庭芳　夏日溧水无想山作

风老莺雏，雨肥梅子，午阴嘉树清圆。地卑山近，衣润费炉烟。人静乌鸢自乐，小桥外、新绿溅溅。凭栏久，黄芦苦竹，拟泛九江船。

年年，如社燕，飘流瀚海，来寄修椽。且莫思身外，长近尊前。憔悴江南倦客，不堪听、急管繁弦。歌筵畔，先安簟枕，容我醉时眠。

王骥德《曲律》认为"寒山""先天"之韵最雅，此词韵字即押"寒"韵和"先"韵。这两个韵部之字读起来绵长和雅，与词情相称，而且上、下阕各有一叠音词，上阕"溅溅"，下阕"年年"，又均为韵字，使声韵的醇绵柔长更为加强。另外，这首词中常用一些虚字振起一拍，如上阕"人静乌鸢自乐"中之"自"，"拟泛九江船"之"拟"，"且莫思身外"之"且莫"，"不堪听、急管繁弦"之"不堪"等词，都用去声字或上声字提起整句，使全词在柔婉之中又具拗怒之音。此词主题与周邦彦大部分作品相同，表现宦旅之人的厌倦，词中也常以"倦客"自居。这首词声调虽和婉，但情绪是沉郁的。陈廷焯云："说得虽哀怨，却不激烈，沉郁顿挫中别饶蕴藉。"唐圭璋云："上片写江南初夏景色，极细密；下片抒飘流之哀，极宛转。"（唐圭璋《唐宋词简释》）

周邦彦词当然还有其他一些特点,如善于化用唐人诗句,用词精警新辣、富艳精工,极善铺叙体物等,可谓美不胜收,无愧于王国维称之"词中老杜"。

## 2 蓬舟吹取三山去:李清照与《漱玉词》

李清照是中国文学史上才华极高的女作家。她所作诗"生当作人杰,死亦为鬼雄"被人誉为不让须眉,她所作古文《〈金石录〉后序》被誉为千古名篇,她虽为词人,却有目光如炬的词史认识。她认为词"别是一家,知之者少",即便北宋中期以来的知音诸家晏幾道、贺铸、秦观、黄庭坚等,也各有缺点:

> 晏苦无铺叙;贺苦少典重;秦即专主情致而少故实,譬如贫家美女,虽极妍丽丰逸,而终乏富贵态;黄即尚故实,而多疵病,譬如良玉有瑕,价自减半矣。(李清照《词论》)

李清照(1084~1155),号易安居士,山东章丘人,李格非女。诗文著称于时,年十八,嫁赵明诚。崇宁二年(1103),李清照因父列名元祐党籍,归家投父。崇宁五年(1106),朝廷毁元祐党人碑,李清照回京与赵明诚团聚。大观元年(1107),赵明诚父赵挺之卒,李清照随赵明诚屏居青州,并襄助赵明诚写作《金石录》。宣和元年(1119),赵明诚知莱州,后知淄州,李清照均随行。靖康二年(1127),"靖康之变"发生,赵明诚因母丧去江宁,旋知江宁府,李清照未随行,着手整理书籍器物,于建炎二年(1128)抵江宁。建炎三年(1129),赵明诚卒于建康,李清照欲投奔洪州,途遇金兵陷洪州,一路颠沛流离至杭州。绍兴二年(1132),李清照再嫁张汝舟,张汝舟实觊觎赵明诚文物,李清照因而告发张汝舟并获准离婚。绍兴二十六年(1156),李清照卒于杭州,享年73岁。著有《漱玉集》《漱玉词》,存词60首。

李清照论词严苛,要求词应协律、铺叙、典重、情致、故实五者并重。后人以为李清照自作亦有不及,创作与理论是矛盾的。然而,李清照评词是针对诸家缺点而言,并非提出完整的创作理论。李清照"对于词的认识,包括高雅典重与浅俗清新两个方面"。至于李清照词的特色,以沈曾植评述最为精审。沈曾植《菌阁琐谈》云:

> 易安跌宕昭彰,气调极类少游,刻挚且兼山谷,篇章惜少,不过窥豹一斑,闺房之秀,固文士之豪也。才锋太露,被谤始亦因此。自明以来,堕情者醉其芬馨,飞想者赏其神骏,易安有灵,后者当许为知己。

李清照词,人多以为"婉约",然而其词实千变万化,多灵动之姿,沈曾植许以"神骏",可为至言。缪钺在《论李易安词》中指出易安词有三大特色。

其一，为纯粹之词人。所谓"纯粹之词人"，当"悱恻善怀，灵心多感，其情思常回翔于此种细美凄然之域者"。李清照"承父母两系之遗传，灵襟秀气，超越恒流，察物观生，言哀涉乐，常在妍美幽约之境，感于心，出诸口，不加矫饰，自合于词，所谓自然之流露，虽清照或亦不自知其所以然"。可表现易安灵心善感的作品如《永遇乐》。

落日熔金，暮云合璧，人在何处？染柳烟浓，吹梅笛怨，春意知几许？元宵佳节，融和天气，次第岂无风雨？来相召、香车宝马，谢他酒朋诗侣。

中州盛日，闺门多暇，记得偏重三五。铺翠冠儿，捻金雪柳，簇带争济楚。如今憔悴，风鬟霜鬓，怕见夜间出去。不如向帘儿底下，听人笑语。

此词为李清照晚年流寓杭州时所作。通篇铺叙白描，上片写现时的景物和情绪，元宵佳节，红云落日，连成一片，极为壮丽，"人在何处"用语则极凄凉。下文转写春景，新柳绽芽，春烟迷漫，春意已有几分。这样的元宵胜日，本可约一两个好友品酒赏春，但词人说"次第岂无风雨"，这是忧虑之词，天气尽管春意融融，但谁说就不会下雨呢？此杞人忧天之词显示了李清照历尽沧桑之后，对于一切都感到变幻莫测，因而顾虑重重，或者说心生倦意，"谢他酒朋诗侣"。下片追忆伤怀，北宋太平时期，元宵最盛，大家闺秀，多盛装出行，头戴翡翠冠，鬓簪雪柳金钗，个个俊丽齐整。如今晚景凄凉，心境幽独，形容憔悴，再无早时兴致，然而临安繁华景象仍有似昔时汴京，故词人虽晚年潦倒，仍想隔帘笑语中重温旧梦，心境之悲凄可见一斑。裴斐评此词"情实激越，而妙在不着一字，含蓄委婉，全用铺叙，此亦足见女性之细"。的确，此词中所表现的悲凉、凄独、痴念等情绪低徊不已，女性内心的难以捕捉的细腻表现得炉火纯青。

其二，有高超之境界。"凡是第一流的诗人，多是有理想，能超脱，用情而不溺于情，赏物而不滞于物，沉挚之中，有轻灵之思，缠绵之内，具超旷之致，言情写景，皆从高一层着笔。"如易安《渔家傲》。

天接云涛连晓雾，星河欲转千帆舞。仿佛梦魂归帝所，闻天语，殷勤问我归何处？

我报路长嗟日暮，学诗漫有惊人句。九万里风鹏正举，风休住，蓬舟吹取三山去。

易安词中有缠绵之作，如《一剪梅》（红藕香残玉簟秋）；有清新之作，如《如梦令》（昨夜雨疏风骤）；有悲婉之作，如《永遇乐》（落日镕金）。若论飘逸灵动之词，则属这首《渔家傲》。这首词也比较鲜明地表现了易安词的创作高境。此词写梦境，上片写天河之千帆竞进，群星流转，云雾濛濛，一片奇幻瑰丽之景，接着写梦中之事，似飘转到天庭，天帝殷勤问讯：你要去到哪里？下片为词人梦中答问之语。"路长"

"日暮"典出《离骚》中"欲少留此灵琐兮,日忽忽其将暮""路漫漫其修远兮,吾将上下而求索",可以看出女词人也还是有其毕生的理想追求的。"学诗漫有惊人句"典出杜甫诗"为人性僻耽佳句,语不惊人死不休",此言词人写诗填词虽不负古人,常作惊人之句,但实非所愿,隐含着对现实的强烈抨击。"九万里"三句宕开一笔,表明自己渴望借着鲲鹏风力,驾着蓬舟,真抵仙山,而达逍遥自由之境。这几句虽然典出《庄子》《史记》,但梦境的磅礴玄幻展现了词人心灵世界的豪宕纵肆。

其三,富创辟之才能。"凡第一流之诗人,都能感自己之所感,写自己之所怀,其读古人之作,亦不过取精用宏,以资借鉴。其所作偶尔像古之某家,则是因为他们的才情本来相近,发为作品,自然相似,并不一定是有意模仿,而主要的表现则在开径独行,自创风格。"李清照的词,"大抵于芬馨之中,有神骏之致,适足以表现其胸情襟韵,而早期灵秀、晚岁沈健,则又因年、因境而异"。最足以表现易安"创辟之才能"之作,莫过于《声声慢》。

寻寻觅觅,冷冷清清,凄凄惨惨戚戚。乍暖还寒时候,最难将息。三杯两盏淡酒,怎敌他、晚来风急?雁过也,正伤心,却是旧时相识。

满地黄花堆积,憔悴损,如今有谁堪摘?守着窗儿,独自怎生得黑?梧桐更兼细雨,到黄昏、点点滴滴。这次第,怎一个愁字了得?

这是易安词作中千古传诵的杰作，最足体现易安创造之才能，主要体现在四个方面：一是善用叠字。夏承焘指出，在这些叠字中，"寻寻、清清、凄凄、惨惨、戚戚"都是齿声，"点点滴滴"是舌声。此外，这首词中用舌声的共15字，用齿声的共42字，"全词九十七字，而这两声却多至五十七字……这应是有意用啮齿叮咛的口吻，写自己忧郁惝恍的心情，不但读来明白如话，听来也有明显的声调美，充分表现乐意的特色"（夏承焘《唐宋词欣赏》）。除此之外，词中连用14个叠字，听起来当有吞吐犹疑之感，且全词均押入声韵，则情感低徊可以想见。二是以寻常语度入音律。张端义《贵耳集》说："易安居士李氏……皆以寻常语度入音律。炼句精巧则易，平淡入调者难。且秋词《声声慢》……更有一奇字云：'守着窗儿，独自怎生得黑。''黑'字不许第二人押。"这首词除此句外，"如今有谁堪摘""怎一个愁字了得"均当属于此类。三是以浅俗之语发清新之思。此词浅近晓畅，然意境深远雅逸，非常巧妙自然地将前人诗句融入明白如话的表述之中，如"梧桐更兼细雨"两句化用温庭筠《更漏子》词"梧桐树，三更雨，不道离情正苦。一叶叶，一声声，空阶滴到明"，李清照则以"到黄昏、点点滴滴"句形象地表现了词人的愁情，而有"以故为新"的效果。四是频用反问句，达到回肠荡气，哀婉动人的效果。这首词中先后用了4个反问句"怎敌他、晚来风急？""如今有谁堪摘？""独自怎生得黑？""怎一个愁字了得？"将情感的凄怨强烈地表达出来了。

从李清照的词作来看，她在北宋高手如林的词坛，敢于有大胆的创造，有绝大的胆识魄力，从而能在北宋词坛独树一帜，形成了"易安体"的独特词风，对后代词坛也形成了多方面的影响。

易安居士燕居图

## 3 自歌自舞自开怀：朱敦儒与《樵歌》

朱敦儒（1081~1159），字希真，号岩壑，河南洛阳人。靖康、建炎年间隐居乡里，绍兴三年（1133），以荐补右迪功郎。绍兴五年（1135），赐进士出身，为秘书省正字，擢兵部郎中，迁两浙东路提点刑狱。绍兴十九年（1149）致仕，居嘉禾。秦桧当国，一度起用朱敦儒为鸿胪少卿。桧死，敦儒再致仕。绍兴二十九年（1159）卒，享年79岁。今存词集《樵歌》3卷，存词246首。

朱敦儒一生长期隐居，故他的词作中有较多隐逸洒脱之作，如下面两首。

**鹧鸪天　西都作**

我是清都山水郎，天教分付与疏狂。曾批给雨支风券，累上留云借月章。

诗万首，酒千觞，几曾着眼看侯王。玉楼金阙慵归去，且插梅花醉洛阳。

**西江月**

日日深杯酒满，朝朝小圃花开。自歌自舞自开怀，且喜无拘无碍。

青史几番春梦，红尘多少奇才。不须计较与安排，领取而今现在。

《鹧鸪天》为其早年隐居不仕时所作,逸兴横飞,啸傲山林,似从苏、黄而来。上阕为朱敦儒人格的自我想象,即便在天廷为官,也要踏云追月,极尽"疏狂"。下阕为其人格的现实写照,饮酒赋诗,笑傲王侯,鄙薄功名,醉簪梅花,实为天下"谪仙人"再世。《西江月》作于作者晚年致仕后,生计无忧,乐天知足,浑然不管世事。上阕写其晚年生活场景,纯为叙事,日日饮酒赏花,自歌自舞,用语十分轻松闲适。下阕议论,阐发其人生态度,何必青史留名,何必有才无才,不过如梦如尘,且得自在生活。此词与早年之疏狂已有不同,而有较为浓重的"饱食终日,无所用心"的黄老思想。

在朱敦儒的隐逸词中,也有一些亲近自然山水、超凡脱俗的清旷出尘之作,如《好事近》。

摇首出红尘,醒醉更无时节。活计绿蓑青笠,惯披霜冲雪。

晚来风定钓丝闲,上下是新月。千里水天一色,看孤鸿明灭。

这首词为朱敦儒《渔父》词六首之一,上片为其渔父形象的总体素描,逍遥世外,自斟自饮,绿蓑青笠,披霜冲雪,清寒如此,却怡然自得。下片写晚来风定时水天景色,钓竿闲垂,新月荡漾,水天茫茫相接,孤鸿缥缈飞去,意境闲适而清超,在隐逸词中诚为佳构。

朱敦儒在两宋之际,亦受战乱之苦,词中也有悲慨苍凉之

### 四 梦绕神州路：周邦彦与南北宋之际的词人　113

作。如《相见欢》。

金陵城上西楼，倚清秋。万里夕阳垂地大江流。中原乱，簪缨散，几时收？试倩悲风吹泪过扬州。

朱敦儒《相见欢》（金陵城上西楼）

这首词为朱敦儒南渡时登金陵城楼所作。其时徽、钦二帝被掳，中原沦陷，簪缨之家多举族南迁，途中流离失所，朱敦儒为洛阳世家，也经历了漂泊生活，故此词悲慨实有切身体会。上片写其清秋时节倚楼所见，夕阳铺地，大江东流，气势可谓壮阔博大，然而夕阳越壮丽，大江越宏阔，意味着其情感越悲沉，所有美丽的事物都正在遭受金人的践踏。下片写其悲情，一方面，是对国事日非的忧虑：这种混乱场面何时结束？另一方面，是对本民族饱受苦难而生的悲痛之情，但并不明确写出，仅将此悲风热泪吹到扬州吧。当时扬州为抗金前线，故其结句深有意味。

朱敦儒词在南北宋之际亦为突出的一家，南宋辛弃疾、汪莘等多效其词。他的词直到光绪二十六年（1900），才有足本刊刻流传，当时词人王鹏运、朱祖谋甚为宝爱之。王鹏运云："希真词于名理禅机均有悟入，而忧时念乱，忠愤之致，触感而生。拟之于诗，前似白乐天，后似陆务观。"（王鹏运《四印斋所刻词·樵歌跋》此论大致可为定评。

## 4 张元幹、叶梦得等两宋之际爱国词人

"靖康之耻"后，南宋朝廷分成主战和主和两派，最终主战派岳飞以"莫须有"罪名处死，主和派取得胜利。但一些爱国志士，于"这种民族的耻辱，仍然留在他们的脑中，他们愤郁之情无处发泄，往往于歌词中借着历史的陈迹，或当前的景物，来抒写他们的牢骚"。这样，在词坛上，就形成了一个爱国词人的群体，两宋之际则以叶梦得、吕本中、向子諲、

陈与义、张元幹尤为著名。

叶梦得（1077~1148），字少蕴，号石林居士，江苏吴县人。哲宗绍圣四年（1097）进士，历知蔡州、汝州、杭州，曾附蔡京。高宗建炎元年（1127），提举太平观。绍兴元年（1131），起为江东安抚大使兼知建康府，抗击金兵。绍兴十二年（1142）冬，移知福州，兼福建安抚使。绍兴十六年（1146），致仕。绍兴十八年（1148），卒于湖州，享年72岁。著述甚多，有词集《石林词》，存103首。

叶梦得词与东坡相浮，朱祖谋谓《石林词》独得东坡神髓，为苏派诸人所不及。如《水调歌头》。

秋色渐将晚，霜信报黄花。小窗低户深映，微路绕敧斜。为问山公何事？坐看流年轻度，拚却鬓双华。徙倚望沧海，天净水明霞。

念平昔，空飘荡，遍天涯。归来三径重扫，松竹本吾家。却恨悲风时起，冉冉云间新雁，边马怨胡笳。谁似东山老，谈笑净胡沙？

此词为叶梦得晚年退居湖州时所作。上片写山居情趣，晚秋将至，菊花盛开，花掩低窗，小路横斜，山居环境甚为幽雅。接着写山居生活，坐看云起云灭，无意发白发青，登高望海，天水云霞连成一片，此段实能表现词人超旷之胸襟。下片写其闲适的人生志趣与国难当头心境难平的矛盾。叶梦得早年漂泊游宦各地，晚年抗击金兵，亦移知各地。"空飘荡"三字足见其对于济国之志犹有所未骋。"归来"两句化用陶渊明《归去来兮辞》中"三径就荒,松竹犹存",作者以此表明其人生夙愿。宋代士人多有隐逸田园山水之志,然而南宋初年,国事不宁,深具军事才能和报国之志的叶梦得无法忘怀前线战事,临秋风,望归雁,念边马之音,内心是激荡勃郁的。如有东山谢安之才再出,自可大破敌兵。末句显然有悲亢之意,朝廷无力抗敌,自己也垂垂老矣。这样的词对辛弃疾一派的词人当是有较深影响的。

吕本中(1084~1145),字居仁,河南开封人。少从理学家杨时游,政和年间,以祖荫授济阴主簿。宣和六年(1124),官枢密院编修。高宗绍兴六年(1136),赐进士出身,擢起居舍人。绍兴八年(1138),权直学士院,旋因忤秦桧罢之,提举太平观。绍兴十五年(1145)卒于上饶,享年62岁,谥文清,学者称东莱先生。诗文为当时名家,著述众多,有《东莱先生诗集》20卷,《紫薇词》1卷,存词26首。

吕本中词,时人以为"佳处如其诗"。曾季狸则云"东莱晚年长短句尤浑然天成,不减唐《花间》之作。"(曾季狸《艇斋诗话》)其词佳处亦洗绮罗香泽之态,而具寄托深微、清疏淡雅之妙,录其名作如下:

### 南歌子　旅思

驿路侵斜月,溪桥度晓霜。短篱残菊一枝黄,正是乱山深处、过重阳。

旅枕原无梦,寒更每自长。只言江左好风光,不道中原归思、转凄凉。

] 此词写其建炎年间旅途的所见所感。上阕写所见,词人夜暮路行,斜月西升,溪桥染霜,丛篱之中,残菊一枝,与夕阳恰成映照。词人在重阳节时,履步于乱山深处,其情之孤苦可见。下阕写所感,旅程漫漫,久不成梦,更寒漏长,江南风景虽然可爱,词人却是避寇南徙,归思沉痛,无心驻足,故情转凄凉,实含家国之痛。这首词并不像豪放之作大声疾呼、悲愤感慨,而是寓情于景,含蓄哀婉,但也达到了表现爱国之情的效果。

向子𬤇(1085~1152),字伯恭,号芗林居士,河南开封人。宣和初,任淮南转运判官。建炎元年(1127),统兵勤王,迁龙图阁、江淮发运副使。建炎三年,复知潭州抗金。绍兴元年(1131),知鄂州,主管荆湖东路安抚司,后知江州,改江东转运使,进秘阁修撰。绍兴八年(1138),除户部侍郎,寻以徽猷阁直学士出知平江府。金使议和将入境,不肯拜金国诏书,忤秦桧,致仕,卜居清江。闲居15年,绍兴二十二年(1152)卒,享年68岁。其有《芗林居士文集》30卷,词集《酒边集》1卷,存词176首。

向子𬤇词步趋东坡,然晚年词也多变化,渐走向清旷平淡一面。其早年锐意抗金,词中多感慨悲凉之调,如《秦楼月》。

芳菲歇,故园目断伤心切。伤心切,无边烟水,无穷山色。

可堪更近乾龙节,眼中泪尽空啼血。空啼血,子规声外,晓风残月。

这首词次李白《忆秦娥》韵，上片抒写思乡之情，情感浓郁。繁华歇尽，故园残破，中原已远，只见苍茫山水，内心之悲切可知。下片抒发国破之悲。"乾龙节"为钦宗诞辰，而钦宗正禁闭于金廷，"靖康之耻"在词人心中的投射是相当强烈的，泪尽而继之以血，这种肝肠欲裂的情感可谓悲痛万分。以迷离之景作结，子规哀啼之声如在耳边，晓风残月之景如在眼前，其情绪之悲怆实不能止，有含蓄不尽之妙。

陈与义（1090~1138），字去非，号简斋，先世眉州青城人，曾祖迁河南洛阳。政和三年（1113）进士，迁至太常博士。绍兴元年（1131），召为兵部员外郎，绍兴二年（1132），迁中书舍人，绍兴四年（1134），知湖州，擢翰林学士、知制诰。绍兴七年（1137），拜参知政事，绍兴八年（1138），以疾终，时年49岁。著有《简斋集》20卷，词集《无住词》1卷，存词仅18首。

陈与义作词虽少，历代评价却高，《四库提要》评《无住词》云："吐言天拔，不作柳莺娇之态，亦无蔬笋之气，殆于首首可传"。其词风时人亦认为"可摩坡仙之垒"。他的名作如下：

### 临江仙

夜登小阁，忆洛中旧游。

忆昔午桥桥上饮，坐中多是豪英。长沟流月去无声。杏花疏影里，吹笛到天明。

二十余年如一梦，此身虽在堪惊。闲登小阁看新晴。古今多少事，渔唱起三更。

这首词被认为是陈与义词中的压卷之作。上阕忆旧,选取了洛阳生活中的一些片断。"午桥"典出《新唐书·裴度传》,裴度晚年居洛阳午桥,与白居易、刘禹锡等把酒论文。"忆昔"两句即追忆其洛阳时与同道风流俊爽、诗酒唱和的豪情逸志。"长沟"三句则为细写,长沟、流月、杏花、疏影、笛声交织成一片静谧迷人的水墨画。词人并没有选择喧嚣豪纵之景,而以清丽幽淡之景作结,情感的惆怅是可以想见的。下阕自然过渡,往事不堪回首,"此身虽在堪惊"跌宕起伏,颠沛流离,恍如梦幻的劫后生活,其中饱含了多少热泪?词人笔锋又一转,由"惊"到"闲",看似旷达,实是以淡语写悲情。"古今"两句似以闲人之笔写出,但以陈与义之生平,国难之耻何尝置身事外,这种闲语实含无数悲哀,情调极为凄咽。刘熙载云:"词之好处,有在句中者,有在句之前后际者。陈去非……《临江仙》'杏花疏影里,吹笛到天明',此因仰承'忆昔',俯注'一梦',故此二句不觉豪酣,转成怅怏,所谓好在句外者也。"(刘熙载《词概》)这首词的好处实不仅在此二句,以缪钺的说法,"这首词通体疏快明亮,浑成自然,如水到渠成,不见矜心作意之迹"。

张元幹(1091~1161),字仲宗,号芦川居士,福建福州人。青年时从江西诗人徐俯学诗,并与舅父向子諲及洪刍、洪炎、吕本中等唱和。宣和末年(1125)任陈留县丞。靖康元年(1126),辅佐李纲抗金。汴京沦陷后,漂泊吴越。李纲为相后,起用元幹为将作监。绍兴元年(1131),不为主和派所容,归福州。绍兴八年(1138),胡铨上书斩秦桧以谢天下,李纲反对和议罢居长乐,元幹词以赠之。绍兴十二年(1142),又词赠贬途中之胡铨。绍兴二十一年(1151),遭秦桧嫉,除名削籍。出狱后,漫游江浙各地,绍兴三十一年(1161)客死平江,享年71岁。著有《芦川归来集》16卷,词集《芦川居士词》2卷,收词185首。

在两宋之际词坛,张元幹词名甚高,其词早年"极妩秀之致",晚年则多悲愤之音,亦有颓放旷达之作。刘扬忠认为其晚年作品更具艺术个性,如《四库提要》誉为"慷慨悲凉,数百年后,尚想其抑塞磊落之气"的名作——《贺新郎》。

### 贺新郎　送胡邦衡谪新州

梦绕神州路。怅秋风、连营画角,故宫离黍。底事昆仑倾砥柱,九地黄流乱注?聚万落、千村狐兔。天意从来高难问,况人情、老易悲难诉。更南浦,送君去。

凉生岸柳催残暑。耿斜河、疏星淡月,断云微度。万里江山知何处?回首对床夜语。雁不到、书成谁与?目尽青天怀今古,肯儿曹、恩怨相尔汝!举大白,听《金缕》。

此词作于绍兴十二年(1142),时秦桧为相,与金议和,欲屈辱投降,朝野群情激愤,胡铨上疏请斩秦桧等3人,遭除名编管昭州,后改为威武军判官,任职福州,旋谪新州。其时岳飞被害,韩世忠解除兵权,投降派势盛。张元幹时在福州,作此词送胡铨。上片写中原沦陷惨状,汴京故都已成黍离,中原大地倾陷沦亡,九州陆沉,浊流泛滥,喻指中原经过劫乱,遍地荒凉，村落为狐兔所踞。"天意"二句用杜甫"天意高难问，人情老易悲"意，讽刺朝廷忍辱求和、倒行逆施、不可理喻以及对胡铨以孤忠之怀而得罪的无限同情和愤慨。不直点本事，用凌空含蓄之法，而显得更为深沉有力。下片写秋夜送行的凄凉情景及此后书信难通的悲郁情怀。初秋残暑，疏星淡月，银河斜转，已是夜深景象。"万里"两句写两人联床夜话之悲慨，大好河山已经残破，家国到何处寻求？此是伤时。"雁不到"后几句则写二人友情的君子之交，以后虽各居一地，鸿雁难到，然而大丈夫胸情古今，岂能作儿女"尔汝"之态？不如纵酒高歌，慨当以慷！这首词的悲壮、耿塞、旷达、洒落，浑然一体，不愧为名作。

张元幹的一些隐逸之作除旷达洒脱之外，也别饶劲气，如下面这首：

### 浣溪沙

山绕平湖波撼城，湖光倒影浸山青，水晶楼下欲三更。
雾柳暗时云度月，露荷翻处水流萤，萧萧散发到天明。

这首词当为其晚年居江浙时所作。尽管词人满怀中兴之志，但英雄无用武之地，词中颓放出世之情不免常有。此词通篇写景，上片写湖中山光楼影。首句出自孟浩然的"波撼岳阳城"，波涛汹涌，气势凌人。"湖光"句写水中青山摇映，"水晶"句指湖水清澈晶莹，似亦可指水中楼阁倒影，词人为此湖影清光痴迷至三更之久。下片写湖面景物，夏夜微凉，柳暗月蒙，荷露清响，流萤飞度，景色清幽，如果说上片湖波荡漾，见出水的动态之美，那么下片则湖面幽谧，见出湖的静态之美。动静之间，词人流露出其乘凉时情惬无极之意。"萧萧"指发白稀疏之貌，则此苍劲之气与上片"撼城"之句恰成呼应，词人的潇洒磊落隐然可知。

# 五　壮士悲歌：辛弃疾与南宋英雄词人

宋室南渡以后，宋金两国时有战事发生，然而势均力敌，并没有哪国占绝对优势。绍兴十二年（1142），宋金议和，由此形成了长达百年的南北对峙局面。南宋统治者再无恢复之志，而一般的文人纸醉金迷，"直把杭州作汴州"；主战派文人志气抑塞，陆游死前仍示儿"家祭无忘告乃翁"。至于其他文人放浪于山水之间，或仕或隐，或流浪于江湖之间，或托寓于诗人之身。姜夔游于吴越之间，"只有诗人一舸归"，清寒之士亦多气节。南宋文学由于政治的演变和文人身份及心态的多样性，也展现出了丰富的姿态。南宋词坛，则有以辛弃疾为代表的英雄词人群体和以姜夔为代表的典雅词人群体。

南宋孝宗即位后，励精图治，厉兵秣马，一度北伐，主战派在朝廷气势大盛。北伐虽然失败，但孝宗仍是频繁任用主战派为相。天下士人群情激昂，诗词作品中的英雄气概常常溢于笔端，词坛出现了以辛弃疾为首的一批英雄词人。

## 1 恨古人不见吾狂耳：辛弃疾与《稼轩长短句》

清代学者谢章铤比较苏轼、辛弃疾之差别，他在《赌棋山庄词话》中说："晏、秦之妙丽，源于李太白、温飞卿；姜、史之清真，源于张志和、白香山。惟苏、辛在词中，则藩篱独辟矣。读苏、辛词，知词中有人，词中有品，不敢自为菲薄。然辛以毕生精力注之，比苏尤为横出。吴子律云：'辛之于苏，犹诗中山谷之高东坡也。东坡之大，殆不可以学而至。'此论或不尽然。苏风格自高，而性情颇歉。辛却缠绵悱恻，且辛之造语俊于苏。若仅以大论，则室之大不如堂，而以堂为室，可乎？"谢章铤认为辛弃疾词境有苏轼未到之处，此论周济亦曾言之，故周济编《宋四家词选》，以辛弃疾为领袖一代之词人，苏轼则为辛之附庸。

辛弃疾（1140～1207），字幼安，号稼轩，山东济南人。出生于金统治区，自小受其祖父辛赞熏陶，立志报仇雪耻。绍兴三十一年（1161），辛弃疾招集两千人马投奔山东农民起义军耿京的军队，任掌书记，起义军壮大至五万多

辛弃疾像（江西铅山广场）

人。次年，耿京派辛弃疾奉表归宋。辛弃疾归报途中，耿京被叛将张安国所杀，并带部队投降金廷。辛弃疾率五十骑夜袭金营，活捉张安国，并驰送建康斩首。辛弃疾归义南宋后，授江阴签判，隆兴二年（1164），辛弃疾上《美芹十论》，陈述抗金战守之策达万言。乾道四年（1168），通判建康府。乾道六年（1170），抗金名将虞允文当国，辛弃疾又上《九议》，陈三大点：一是"勿欲速"，二是"宜审前后"，三是"能任败"，朝廷不纳。乾道八年（1172）出知滁州，为叶衡所重。叶衡入相，力荐辛弃疾，知江陵府，兼湖北安抚使，后知潭州，兼湖南安抚使，创"飞虎军"，为江上诸军之冠。加右文殿修撰，差知隆兴府，兼江西安抚使，平定湖南、湖北、江西一带的茶商军，后为谏官所劾落职。淳熙八年（1181），辛弃疾归上饶带湖，居家十年。绍熙三年（1192），知福州，兼福建安抚使，欲造万铠，为谏臣劾，罢职。绍熙五年（1194），归上饶，营建瓢泉。此期与陈亮、朱熹等频有往来。嘉泰二年（1202），韩侂胄当国，起用主战派，辛弃疾起知绍兴府，兼浙江安抚使，旋知镇江府。未己，再遭劾离职。开禧三年（1207），病卒，享年68岁。辛弃疾所传诗文甚少，为两宋全力为词的作家，著有《稼轩长短句》12卷，存词629首。

叶嘉莹对辛弃疾词的根本性特点理解得非常好，她说：

辛弃疾本来的力量是向上冲的，是进的，是忠义奋发，而他的环境遭遇，他在南宋四十几年，竟有二十年左右是放废家居，所遇到的是另外一种从上面压下来的力量，所以词的特色，常是这两种力量和遭到的谗毁、罢废的反面压抑的力量，这两种力量的激荡盘旋，就是他词里的一份本质。（叶嘉莹《唐宋词十七讲》）

叶嘉莹的论述其实也涉及我们如何理解豪放词人和豪放词的问题，她在同一篇文章中也写道：

真正好的词都是一份委婉曲折、含蓄蕴藉之美的词。……至于豪放的英雄、豪放的词人，也不要只看他的激昂慷慨，他的词之所以有艺术性，是好的词，就是因为它也有委婉曲折、含蓄蕴藉的一面。……而他（指辛弃疾）之所以委婉曲折，他之所以含蓄蕴藉，一个就是由于他本质上两种力量的互相冲击，互相磨荡，那个出来了，这个下去了，互相盘旋激荡。它不是简单的，不是单调的，不只是喊几句口号，是两种力量冲激的结果。

这其实就是告诉我们，读辛弃疾的词，包括其他所谓"豪放"词人的词，不仅是要看他的激昂慷慨，不可一世，更要看他的幽咽曲折，悲郁沉着。读他们的豪放词也不仅是要注意情感的喷薄，也要注意情感中的悲抑。

辛弃疾南归后，十余年内未得朝廷重用，淳熙元年（1174），辛弃疾任江东安抚司参议官，登上建康赏心亭，写下了一首磅礴积郁的名作——《水龙吟》。

五　壮士悲歌：辛弃疾与南宋英雄词人

### 水龙吟　登建康赏心亭

楚天千里清秋，水随天去秋无际。遥岑远目，献愁供恨，玉簪螺髻。落日楼头，断鸿声里，江南游子。把吴钩看了，栏杆拍遍，无人会，登临意。

休说鲈鱼堪脍，尽西风，季鹰归未？求田问舍，怕应羞见，刘郎才气。可惜流年，忧愁风雨，树犹如此！倩何人唤取，盈盈翠袖，揾英雄泪？

此词上阕写词人登楼触目所见之景及感触。极目千里江天，天高云淡，江水东流，一望无际，境界十分寥阔。向北望去，远处山峰如美人簪髻，楚楚生怜，似有无限愁恨。落日西沉，孤雁哀鸣，情景低徊。从这几句写景也可以看出作者情感由悲壮到低沉的过程，由此自然过渡到自己的切肤之痛。流落江南的游子，满腔忠愤复国的意气，又有谁能理解？此言词人志意不得伸展之悲。下阕言退据无路之痛及忧愤不平之情。志既不得伸，可否辞官归里，置田安家？"休说"三句出自《晋书·张翰传》，说张翰因秋风起而思吴中鲈鱼、莼菜，辞官归里。词中反用其意，表明自己虽落拓不偶，但并没有消减抗敌的决心。"求田"三句用《三国志·陈登传》典故，说许汜抱负不大，而为刘备所讥，亦表明自己雄心仍在。理想和抱负的矛盾写到这里已经展示得十分充分了，词人的心境亦可想而知。接下来感慨心存壮志，年华虚度。"树犹如此"出自《世说新语·言语》，说东晋桓温北征，经旧城，见旧时所种柳，皆已十围，感慨说："木犹如此，人何以堪！"词人南归已十余年，渴望边关杀敌，驰骋沙场，恢复中原，却英雄无用武之地，也不禁泫然。这首词并不是平铺直叙，而是层层推进，笔意婉转，然而慷慨呜咽之情发诸词外。

辛弃疾至其暮年之时，仍英雄之气不除，老当益壮，希望为国效力。他在66岁知镇江任上写下了一首雄浑悲壮的怀古之作。

## 永遇乐　京口北固亭怀古

千古江山，英雄无觅，孙仲谋处。舞榭歌台，风流总被，雨打风吹去。斜阳草树，寻常巷陌，人道寄奴曾住。想当年金戈铁马，气吞万里如虎。

元嘉草草，封狼居胥，赢得仓皇北顾。四十三年，望中犹记，烽火扬州路。可堪回首，佛狸祠下，一片神鸦社鼓。凭谁问、廉颇老矣，尚能饭否？

这首词写景、叙事、议论、抒情交织在一起。上阕写六朝英雄人物之陈迹。先即景抒情，人世沧桑，江山依旧，然当年的风流人物孙权的遗迹已不存。辛弃疾十分仰慕孙权，孙权固守江东，却敢于与曹操、刘备争雄于中原，怀古所以伤今，隐喻雄主难再，即便歌台舞榭，在经历风吹雨打后，也荡然无存。刘裕这样的英雄他所居住之地现在不过是寻常巷陌。这里选用刘禹锡诗典故，也表明英雄的时势难以再现。情感也变得哀婉。结尾句气势一振，遥想当年，孙权、刘裕他们驰骋中原，势如猛虎，声调高亢雄壮。下阕"元嘉"三句论史，南

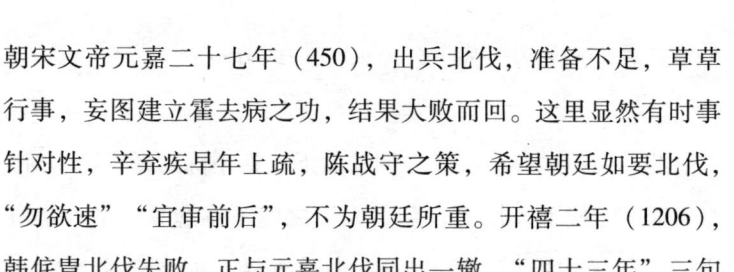

朝宋文帝元嘉二十七年（450），出兵北伐，准备不足，草草行事，妄图建立霍去病之功，结果大败而回。这里显然有时事针对性，辛弃疾早年上疏，陈战守之策，希望朝廷如要北伐，"勿欲速""宜审前后"，不为朝廷所重。开禧二年（1206），韩侂胄北伐失败，正与元嘉北伐同出一辙。"四十三年"三句由怀古转向忆昔，四十三年前，扬州为完颜亮侵占，这是南宋朝廷的耻辱，也深深为辛弃疾所铭记。这几句写得平淡而悲痛，时隔这么久，中原仍未统一，自己却已入暮年。"可堪回首"三句更进一层，镇江西北瓜步山建有佛狸祠，祭祀北魏拓跋焘。拓跋焘为入侵中原者，而人们竟击鼓祭祀，词人心中的悲愤可见一斑。结尾三句再出以雄句，表明自己年纪虽老，壮心犹在，比之廉颇无愧。这首词笔法变化多端，情绪慷慨激昂，而出语掩抑跌宕。

《水龙吟》《永遇乐》两首词风格总的来说豪迈顿挫，较为明显地表现了辛弃疾的抱负和悲郁情怀。辛词中也有不少缠绵悱恻之作，曲折地表现了辛弃疾悲抑沉着、回肠荡气的情感。如著名的《摸鱼儿》。

> 淳熙己亥，自湖北漕移湖南，同官王正之置酒小山亭，为赋。
> 更能消、几番风雨，匆匆春又归去。惜春长恨花开早，何况落红无数。春且住！见说道、天涯芳草迷归路。怨春不语。算只有殷勤，画檐蛛网，尽日惹飞絮。　　长门事，准拟佳期又误。蛾眉曾有人妒。千金纵买相如赋，脉脉此情谁诉？君莫舞。君不见，玉环飞燕皆尘土。闲愁

最苦。休去倚危楼，斜阳正在，烟柳断肠处。

此词似写送春、惜春之词，然下片迭用陈阿娇、杨玉环、赵飞燕等宠妃事，其"香草美人"之喻不难窥见。上片惜春之词写得千回百转，首两句言春去太速，而春残之快源于"几番风雨"，每经风雨，春色就消减几分，而几番风雨下来，春光岂能持久？"更能消"三字准确表达了词人的留恋和爱惜之情，且情感极为细腻。"惜春"两句虽紧承前意，却起奇思，若春花开得晚一点，其受风雨吹打也少一点，就不会像如今落红满地了。"春且住"两句为挽春之语。如何挽春则写得幽怨丛生，天涯海角可有春归之路？晏殊说"天涯何处无芳草"，而辛弃疾说"天涯芳草迷归路"，心中凄恻实有过于晏。残春是否还有？"怨春不语"句将幽咽之情吞住。"算只有"三句言残春尚有残絮罥住画檐蛛网，虽然无力，却强自支撑，则词人的怜春之情可谓柔肠百转。下片以历史上之美女来喻残春。"长门事"五句用陈阿娇典，陈阿娇原为汉武帝皇后，失宠后居于长门宫，为再得武帝宠爱，以千金请司马相如写《长门赋》献给武帝，一度复宠，可是旋即复失宠。"准拟佳期又误"似讲无论如何努力，心中的志意终要落空。这固然说春天决计难返了，但联系辛弃疾的生平，亦可知伤心人别有怀抱，故说"蛾眉曾有人妒"等。"君莫舞"两句痛斥专宠惑主之宠妃谗臣，也是比拟朝廷小人奸臣之辈。虽然玉环、飞燕皆成尘土，然而现实却让人悲慨。故"闲愁"四句实言词人之处境仍无可奈何，情感亦复低沉。此词佳处，梁启超评云：

## 五　壮士悲歌：辛弃疾与南宋英雄词人

"回肠荡气，至于此极，前无古人，后无来者"。

辛词中表达低抑徘徊之情者不少，如《菩萨蛮》（郁孤台下清江水）以鹧鸪起兴，借山怨水，抒发对中原故地的哀思和报国无门的愁郁；《祝英台近》（宝钗分），以怕上层楼表达了词人无计挽春之伤悲和春去难留、春愁难消之凄婉及深至忧怨的情怀；《青玉案》（东风夜放花千树）以不慕繁华，孤洁冷香之"灯火阑珊处"之"那人"比喻词人不愿随波逐流之高洁品质。这些作品均为此类佳作。

辛词除情感上有此"美轮美奂"之表现外，在风格和题材上也有极大的拓展。其风格最引人注目的则是"以文为词"，如《贺新郎》。

邑中园亭，仆皆为赋此词。一日独坐停云，水声山色竞来相娱，意溪山欲援例者，遂作数语，庶几仿佛渊明思亲友之意云。

甚矣吾衰矣！怅平生、交游零落，只今余几？白发空垂三千丈，一笑人间万事。问何物能令公喜？我见青山多妩媚，料青山见我应如是。情与貌，略相似。

一尊搔首东窗里。想渊明、停云诗就，此时风味。江左沉酣求名者，岂识浊醪妙理？回首叫云飞风起。不恨古人吾不见，恨古人不见吾狂耳！知我者，二三子。

刘辰翁序辛词云："词至东坡，倾荡磊落，如诗如文，如天地奇观，岂与群儿雌声学语较工拙；然犹未至用经用史，牵《雅颂》入郑卫也。自辛稼轩前，用一语如此者必且掩口。及稼轩横竖烂漫,乃如禅宗棒喝,头头皆是;又如悲笳万鼓,平生不平事并巵酒,但觉宾主酣畅,谈不暇顾。词至此亦足矣。"(刘辰翁《辛稼轩词序》)辛词以前,以诗为词、以文为词已有,如苏轼、黄庭坚、晁补之等,然而诸家词掉用诗文或有,掉用经史者则稀,而辛弃疾则词中论、孟、左传、庄、骚、史、汉、世说等语莫不拉杂运用,开前人所无。以此词而论,典故繁多,纵肆奇绝,排奡纵横,然而并无晦涩不明之句,反如太史公之文,浩浩汤汤,恰如其分地表现了词人闲适疏狂的心境。稼轩此类词亦多,如《沁园春》(叠嶂西驰)、(杯汝来前),《丑奴儿》(千峰云起)等。

辛弃疾闲居带湖和瓢泉时,写下了不少山水田园隐逸小品,如《西江月》。

### 西江月　夜行黄沙道中

明月别枝惊鹊,清风半夜鸣蝉。稻花香里说丰年,听取蛙声一片。

七八个星天外,两三点雨山前。旧时茅店社林边,路转溪桥忽见。

这首词通篇以素描之笔,皴染涂抹,似不留意,而成一幅幅绝佳水墨画。一缕清光,斜照树枝,惊起乌鹊斜飞;半夜清风吹拂,传来断续蝉声;夜空中,稻花清香迎风飘来,伴随着阵阵蛙鸣。上片将农村夏夜的寂静清凉在这几幅画中得到鲜明的体现。下片写天气的变化,也是用轻淡之墨勾勒而成。远空星稀月明，雨点飘洒而至，赶路人急寻旧时茅店，溪桥拐弯处忽见。下片的素描又带有叙事成分，与上片的静寂恰成对比。整首词也因而显得生趣盎然，令人流连忘返。此类小品佳作尚有《清平乐》（茅檐低小）、《鹧鸪天》（句里春风正剪裁）、（春入平原荠菜花），《玉楼春》（何人半夜推山去）等。

辛弃疾词中尚有涉及名理之作，心机独到，兴趣生动，非一般谈禅说理之词可比，如《鹧鸪天》(鹅湖归，病起作)。

> 枕簟溪堂冷欲秋，断云依水晚来收。红莲相倚浑如醉，白鸟无言定自愁。
>
> 书咄咄，且休休，一丘一壑也风流。不知筋力衰多少，但觉新来懒上楼。

这首词为辛弃疾鹅湖访朱熹、陈亮归家之时所作。首两句写清秋冷寂，枕簟初凉，溪堂寂寞，断云接水，缭缭散去。"红莲"两句则以极绚之笔写极淡之情，溪塘红莲绚如醉靥，溪岸白鹭孤立无言。俞陛云说："'红莲'、'白鸟'，风物本佳，而自倦眼观之，觉花鸟皆逊前神采。"则悟道归隐之物也浑然如无物。下片写病后旷达之情。前三句先后用殷浩、司空图、班嗣事，表明隐逸山水之乐。末两句忽言偶觉上楼费事，才意识到筋力已衰老，则所谓由一叶而知秋也。一己之身如此，世间名理亦须如此参透。此类作品尚有《鹧鸪天》（山上飞泉万斛珠）、《临江仙》（偶向停云堂上坐）、《浣溪沙》（寸步人间百尺楼）等。

辛弃疾词腾挪变化，极尽词之能事，与苏轼旗鼓相当。其词境之广、之深，正如陈廷焯评贺铸词："词极沉郁，而笔势却又飞舞，变化无端，不可方物，吾乌乎测其所至？"（陈廷焯《白雨斋词话》）辛词亦当如此观。

宋以来学辛弃疾词者至多，然而真知辛词三昧者少。王国维批评世间学东坡、稼轩之词言论可为我们理解和学习苏轼、辛弃疾词下一良药。

> 学幼安者，率祖其粗犷、滑稽，以其粗犷、滑稽处可学，佳处不可学也。幼安之佳处，在有性情，有境界，即以气象论，亦有"傍素波、干青云"之概，宁后世龌龊小生所可拟耶？
>
> 东坡之词旷，稼轩之词豪。无二人之胸襟而学其词，犹东施之效"捧心"也。
>
> 读东坡、稼轩词，须观其雅量高致，有伯夷、柳下惠之风。（王国维《人间词话》）

## 2 与辛弃疾相鼓吹的张孝祥、陆游、陈亮等词人

在辛弃疾同时或稍前，有这样一批词人，他们的人生经历与辛弃疾不同，性情胸襟也与辛弃疾有异。但他们的创作精神与辛弃疾相似。他们表达报国的激情，表达失路者的悲郁，却足与辛词相鼓吹，他们有的与辛弃疾有密切的交游唱和，有的

终生不遇,但都是中兴词坛的主力军,与辛弃疾一起形成了一个英雄词人群体。

张孝祥(1132~1169),字安国,别号于湖居士,安徽和县人。绍兴二十四年(1154)状元及第。曾任中书舍人、显谟阁直学士、建康留守,因赞助张浚北伐而免职。后知荆南兼湖北安抚使,遭罢。乾道三年(1167)起知潭州,后致仕归芜湖,卒葬建康。有《于湖居士长短句》5卷,存词200多首。

张孝祥的词主要有两种,一种是慷慨激昂、忠愤填膺之作;一种是超旷出尘,遐举凌云之作。前者如《六州歌头》。

长淮望断,关塞莽然平。征尘暗,霜风劲,悄边声。黯消凝,追想当年事,殆天数,非人力,洙泗上,弦歌地,亦膻腥。隔水毡乡,落日牛羊下,区脱纵横。看名王宵猎,骑火一川明。笳鼓悲鸣,遣人惊。

念腰间箭,匣中剑,空埃蠹,竟何成!时易失,心徒壮,岁将零。渺神京。干羽方怀远,静烽燧,且休兵。冠盖使,纷驰骛,若为情。闻道中原遗老,常南望、翠葆霓旌。使行人到此,忠愤气填膺,有泪如倾。

这首词张孝祥作于隆兴二年(1164)建康留守任上。隆兴元年(1163),宋孝宗用张浚议,出兵北伐,大败于符离,朝廷之中和议再起,张孝祥因作此词。上阕伤中原沦陷,胡骑纵横,极为苍凉悲愤;下阕抒发词人报国无门,岁月蹉跎,朝廷靡弱，遣使和议，而使中原父老失望痛苦的忠愤之情。全词情感悲壮激昂，词中频用三字句，增强了紧锣密鼓的激烈声情。

后者如《念奴娇》。

洞庭青草，近中秋、更无一点风色。玉鉴琼田三万顷，著我扁舟一叶。素月分辉，明河共影，表里俱澄澈。悠然心会，妙处难与君说。

应念岭表经年，孤光自照，肝肺皆冰雪。短发萧骚襟袖冷，稳泛沧浪空阔。尽吸西江，细斟北斗，万象为宾客。扣舷独笑，不知今夕何夕？

张孝祥这首词作于乾道元年（1165）。张孝祥自广南西路经略安抚使任上罢官北归，途经洞庭湖，乃有此作。上阕写洞庭清景。中秋时节，无风无浪，明月高悬，泛舟八百里洞庭湖，水月交映，一片澄澈。词人内心也为之明净纯澈，这种与自然融而为一的妙处，实难于言说。下阕抒情兼叙事，由澄澈之湖水而追想曾经的坎坷历程，词人无愧于天地，肝胆如冰雪。因之豪气纵横，享受空阔沧浪之水。以北斗为杯，以宇宙万物为宾客，尽情畅饮西江之水，扣舷而歌，物我两忘。这首词刻画了一个复绝尘寰的境界和飘逸轩昂的词人形象，在张孝祥词中确为佳构，后人甚至以为"东坡《水调》，犹有尘心"。

张孝祥词总的来说还是以超旷放逸之作为多。宋人陈应行评张孝祥词云："比游荆、湖间，得公《于湖集》，所作长短

张孝祥《念奴娇》（洞庭青草）

句，凡数百篇。读之，泠然、洒然，真非烟火食人辞语。予虽不及识荆，然其潇散出尘之姿，自在如神之笔，迈往凌云之气，犹可以想见也。"（陈应行《于湖词序》）此虽多论其人，然于其词亦可也。

陆游（1125～1209），字务观，号放翁，浙江绍兴人。隆兴初，赐进士出身。范成大帅蜀，为参议官，累知严州。

嘉泰二年（1202），诏同修国史兼秘书监，升宝章阁待制。嘉定二年（1209）卒，享年85岁。其为宋诗大家，有《剑南诗稿》85卷，《渭南文集》50卷，《放翁词》2卷，收词145首。

陆游非专力为词者，而其词在当时亦为名家。刘克庄评云："放翁长短句，其激昂感慨者，稼轩不能过；飘逸高妙者，与陈简斋、朱希真相颉颃；流丽绵密者，欲出晏叔原、贺方回之上。"（刘克庄《后村诗话》）陆游词有三种风格。

其一，为激昂感慨者，如《诉衷情》。

当年万里觅封侯，匹马戍梁州。关河梦断何处？尘暗旧貂裘。

胡未灭，鬓先秋，泪空流。此生谁料，心在天山，身老沧州！

"当年"两句写曾经的意气之盛，渴望建功立业，驰骋边关。"关河"两句写如今的报国无门，战袍空陈，只落得梦幻一场。下阕写英雄的感慨，胡虏未灭，鬓发已苍，徒然泪流，无补于时，悲痛无限。结语更沉痛，一生空有报国之志，却终老江湖，无用武之地。全篇用语激烈，多用强烈的对比，表现作者情绪的慷慨。如上阕的昔时和现时的对比，"尘暗旧貂裘"的潜在对比；下阕壮志未酬和年纪老大的对比，理想抱负和身老江湖的对比。由此可以看出虽是小词，作者却非常用心。

其二,为飘逸高妙者,如《好事近》。

溢口放船归,薄暮散花洲宿。两岸白蘋红蓼,映一蓑新绿。

有沽酒处便为家,菱芡四时足。明日又乘风去,任江南江北。

全首词写其闲适旷达之怀。上片写散花洲美景,两岸红白水草参差纵横,江中孤舟青篷,颜色鲜艳,令人心旷神怡。下片写其纵浪江湖生活,一壶好酒,几颗菱芡,泛舟江上,快意南北,写得超旷潇洒。

其三,为流丽绵密者,如《卜算子·咏梅》。

驿外断桥边,寂寞开无主。已是黄昏独自愁,更著风和雨。

无意苦争春,一任群芳妒。零落成泥碾作尘,只有香如故。

词为咏梅,却也是词人自我形象的象征。上阕突出梅花孤芳高洁的品质,用"寂寞""更著风和雨"表现梅花独自开放在恶劣的环境中;下阕突出梅花幽韵冷香、独立不迁的品格,先春天而开,却说无意开放,不与群芳争妍,孤洁之怀可以见知。末句言虽粉身碎骨,仍冷香如故,其坚韧不屈之精神愈加显出。整首词咏梅,通篇不着梅字,甚至也无对梅花的直接刻画,却传神地表达出了梅花神韵,章法绵密之至。

陈亮(1143~1194),字同甫,学者称之为龙川先生,浙江永康人。光宗绍熙四年(1193)进士第一。未试时,上《中兴五论》,不纳。退修居家,益力学著书十余年。孝宗时,再上四书,孝宗欲官之,辞而归。讲功利之学,多豪侠之举,累遭大狱,而雄豪如旧,为南宋永嘉学派代表人物。著有《龙川先生文集》30卷,《龙川词》1卷,收词74首。

陈亮与辛弃疾唱和颇多,词中颇多壮词,最有名之作如《念奴娇·登多景楼》。

  危楼还望,叹此意、今古几人曾会?鬼设神施,浑认作、天限南疆北界。一水横陈,连岗三面,做出争雄势。六朝何事,只成门户私计?

  因笑王谢诸人,登高怀远,也学英雄涕。凭却江山管不到,河洛腥膻无际。正好长驱,不须反顾,寻取中流誓。小儿破贼,势成宁问强对?

此词为咏史之作,悼古伤今,为中兴词人常态。此词起笔即点出题意,登楼之意有谁能知?以下逐层申说。长江天险,历代江南小朝廷只当作南北分疆之屏嶂,而不是用作进攻。"一水横陈"三句即讲长江可攻可守之地理形势,而六朝偏安王朝统治者只顾各谋私利。下片即抨击苟安一隅又道貌岸然的投降派嘴脸。此辈一方面假惺惺地学英雄之泪,一方面醉生梦死,"直把杭州作汴州",并不管中原人民生活在水深火热的金统治区。"正好长驱"五句既是对真英雄的赞美,也是陈亮的战略主张。整首词意气风发,慷慨沉雄,是以议论为词的佳作。

同时与辛弃疾有唱和往来的还有韩元吉、范成大、朱熹等词人。

韩元吉(1118~1187),字无咎,号南涧,河南许昌人,官吏部尚书。韩元吉词信笔天成,高华沉咽。其名作如下:

### 霜天晓角　题采石蛾眉亭

倚天绝壁,直下江千尺。天际两蛾凝黛,愁与恨,几时极?

暮潮风正急,酒阑闻塞笛。试问谪仙何处?青山外,远烟碧。

范成大(1126~1193),字致能,号石湖居士,江苏苏州人。南宋四大诗人之一,官至四川制置使、参知政事、资政殿大学士。其词如其诗,虽也有沉郁顿挫之作,但总体和婉闲适,风流俊赏,如《眼儿媚》。

### 眼儿媚

萍乡道中乍晴,卧舆中困甚,小憩柳塘。

酣酣日脚紫烟浮,妍暖试轻裘。困人天气,醉人花底,午梦扶头。

春慵恰似春塘水,一片縠纹愁。溶溶泄泄,东风无力,欲皱还休。

朱熹（1130~1200），字元晦，号晦庵，又称考亭先生，江西婺源人。官至江西提刑、湖南安抚使、焕章阁待制等。朱熹为宋代著名理学家，明清以后谥称"朱子"，陪祀孔子。其诗文也为南宋名家，词不多作，风格健举清越。如《水调歌头》，《历代诗余》评云："气骨豪迈，则俯视苏辛；音节谐和，则仆命秦柳。洗尽千古头巾俗态。"

### 水调歌头

江水浸云影，鸿雁欲南飞。携壶结客何处？空翠渺烟霏。尘世难逢一笑，况有紫萸黄菊，堪插满头归。风景今朝是，身世昔人非。

酬佳节，须酩酊，莫相违。人生如寄，何事辛苦怨斜晖。无尽今来古往，多少春花秋月，那更有危机。与问牛山客，何必独沾衣。

## 3 受辛弃疾影响的刘过、刘克庄等后辈词人

辛弃疾在世时，词名即遍及天下，当时效仿追随他的后辈词人就不少。如刘过，栖寄辛弃疾幕下，日与谈文，词多效稼轩体；杨炎正，频与辛弃疾唱和，纵横排奡近似稼轩；韩淲、韩元吉子，与辛弃疾为忘年之交，词作声情悲壮，亦有意有"稼轩风"者。江湖诗人戴复古、刘克庄虽未能亲炙稼轩，然词风都近似稼轩。

五　壮士悲歌：辛弃疾与南宋英雄词人

刘过（1154~1206），字改之，号龙洲道人，江西泰和人。布衣词人，流落江湖以终。有《龙洲词》，存词77首。其有意效辛之作如下首：

### 沁园春

寄稼轩承旨，时承旨招，不赴。

斗酒彘肩，风雨渡江，岂不快哉？被香山居士，约林和靖，与坡仙老，驾勒吾回。坡谓："西湖，正如西子，浓抹淡妆临照台。"二公者，皆掉头不顾，只管传杯。

白言："天竺去来，图画里峥嵘楼观开。爱纵横二涧，东西水绕；两峰南北，高下云堆。"逋曰："不然，暗香浮动，不若孤山先访梅。须晴去，访稼轩未晚，且此徘徊。"

这首词时人以为"白日见鬼"之作，实谐趣横生。通篇仿辛弃疾《沁园春》（杯汝来前）语体词，对话、写景、抒情、叙事、议论诸种表达方式熔于一炉，大开大阖，酣畅淋漓。上片写其不赴招的矛盾心理。起三句言其颇欲赴会，大碗喝酒，大块吃肉，披风戴雨，兴致淋漓，又暗点不赴会原因是风雨太大。上片下文以谐趣妙文解释原因，本愿赴会，奈何白香山（居易）、林和靖（逋）、苏东坡（轼）硬拉其赏西湖雨景，此处用典亦妙，白、林、苏三人皆或官或隐于杭州。"二公者"三句，描写白、林二人的神情，不仅生动，也引出下文。下片化用白、林二人佳句点出杭州胜景，白香山邀去天竺寺,林和靖邀去西山。行文奇妙,借古诗人之言,道词人心中之事。结句点明原因,亦似三诗人劝语,颇多理趣。

杨炎正(1145~?),字济翁,江西吉安人。庆元二年(1196)进士,官至大理司直、琼州知州等,有词集《西樵语业》,存词38首。其词"屏绝纤秾,自抒清俊",与辛词相近。淳熙五年(1178),杨炎正与辛弃疾同过镇江,登多景楼,写下了唱和之作《水调歌头·登多景楼》。

寒眼乱空阔,客意不胜秋。强呼斗酒发兴,特上最高楼。舒卷江山图画,应答龙鱼悲啸,不暇顾诗愁。风露巧欺客,分冷入衣裘。

忽醒然,成感慨,望神州。可怜报国无路,空白一分头。都把平生意气,只做如今憔悴,岁晚若为谋!此意仗江月,分付与沙鸥。

上阕写登楼忧国之愁,下阕写报国无路之悲,结构井然。上片先写景叙事,江天空阔,秋景萧瑟,寒意逼人,愁意已现。为消愁意,强呼斗酒,特上最高楼。接下来写触目生愁,登上高楼,向北望去,中原半壁河山在眼,却沦落敌手,大江之中鱼龙也仿佛悲啸唱和,这种愁岂仅是作为诗人所能有?风露乘机袭来,冷意侵寒裘。下片都是感慨抒情,是面对现实的悲愤和无奈。所愁无非是神州不复,然而有志不获骋,报国无路,鬓发徒染秋霜,情绪是悲壮的。平生的志愿,只换来如今的更加憔悴,年岁已晚,还能再有什么期盼?其间的悲愤抑郁是可想而知的。结句是无奈的消遣之词，泛舟江海，隐于鸥鹭之间。此词潜气内转，虽然近似稼轩，却仍然不同。

韩淲（1159～1224），字仲止，号涧泉，河南开封人，寄居江西上饶，短暂为官即归里，居家20余年，清高恬淡，诗名较盛。词集《涧泉诗余》，词风慷慨苍劲。其名作如下：

### 步蟾宫　钓台词

三年重到严滩路，叹须鬓、衣冠尘土。倚孤篷、闲自濯清风，见一片、飞鸿归去。

人间何用论今古。漫赢得、个般情绪。雨吹来云、乱处水东流，但只有、青山如故。

此词似为其归里三年后所作，感慨无端，有无限沧桑之痛。上片感慨今昔物是人非，三年前，尚与辛弃疾等人抵掌谈中兴之事，而今英雄人物已成尘土，仅剩一身漂泊江湖，沐浴清风，见飞鸿归去；下片以旷达之怀慨叹历史古今，其中又含无限悲楚。"何用"和"漫赢得"几字将曾经的壮志抱负一笔带过，沉痛之极。末两句以江石间湍流之水、空中断云带雨、两岸无语青山作结，余势不尽。此词置于整个词史，亦为佳作。

戴复古（1167～？），字式之，号石屏，浙江黄岩人。终生未曾仕进，曾学诗于陆游，是江湖诗派代表诗人。词集有《石屏词》，存词60首。词风豪健奔放，其代表作如下：

### 水调歌头　题李季允侍郎鄂州吞云楼

　　轮奂半天上,胜概压南楼。筹边独坐,岂欲登览快双眸。浪说胸吞云梦,直把气吞残虏,西北望神州。百载一机会,人事恨悠悠。

　　骑黄鹤,赋鹦鹉,谩风流。岳王祠畔,杨柳烟锁古今愁。整顿乾坤手段,指授英雄方略,雅志若为酬。杯酒不在手,双鬓恐惊秋。

　　这首词为登楼题赠之作,然而也是借他人之酒杯浇自身之块垒,也体现了知己之间砥砺志气的英雄情怀。首两句为泛泛应酬之语,然也有巧思,"南楼"既可指黄鹤楼,也可指东晋名流庾亮、殷浩等人南楼赏胜之举,则今之登楼胜于古之登楼。而此"胜概"也暗含伏笔,既包括登楼览江山之胜,也包括登楼起英雄之志。所以"筹边独坐"两句紧接着说"岂欲登览快双眸",进而将词主旨道出。楼名"吞云",虽未心尽吞云梦,但可吞十万雄兵。言"残虏",指作词此年,南宋军队一再击败金兵,民心大振。词人希望李季允也能做个有为的帅臣,起收复神州之志。结句情绪忽转,时事的变化让人感慨,宋人没有抓住连胜的机会,乘胜直捣中原,错失了百年难遇之机。所以"恨悠悠"此句饱含了诗人多少愁恨、愤懑、无奈。下片抒发"恨悠悠"的古今感慨。"骑黄鹤"是求仙之梦,"赋鹦鹉"是志士之悲,风流余恨已然远去,这是说古人之恨;近人之恨则不过百年,岳飞以"莫须有"罪名含恨九泉;今人之恨如何?尽管李侍郎有乾坤手段，有英雄方略，壮志是否能酬，词人也是深具哀疑的。故不如杯酒在手，以酬苍鬓知己。词中有激愤、有砥砺、有哀痛、有劝婉，凄怆悲壮，可谓奇作。

刘克庄（1187~1269），字潜夫，号后村，福建莆田人。以荫补官。淳祐六年（1246）赐同进士出身，官至工部尚书、龙图阁大学士。诗名甚著，为南宋后期诗坛领袖，有《后村先生大全集》，词集名《后村长短句》，存词260余首。杨慎评后村词"其壮语足以立懦"，则亦从稼轩而来。其集中压卷之作为《沁园春·梦孚若》。

何处相逢？登宝钗楼，访铜雀台。唤厨人斫就，东溟鲸脍；圉人呈罢，西极龙媒。天下英雄，使君与操，余子谁堪共酒杯？车千两，载燕南赵北，剑客奇才。

饮酣画鼓如雷，谁信被晨鸡轻唤回？叹年光过尽，功名未立；书生老去，机会方来。使李将军，遇高皇帝，万户侯何足道哉！披衣起，但凄凉感旧，慷慨生哀。

上片写梦境，着重写英雄相惜、豪气纵横的激昂场面。同登宝钗楼，共访铜雀台，以东海长鲸之脍为厨，以西极龙媒神马为骑，与青眼知己杯酒论英雄，率千乘之战骑，与燕南赵北之剑客奇才共谋大业，其情堪豪，其梦亦幻。下片梦醒转生议论，刘克庄仕途与方孚若有相似之处，晚年渐显，然而朝廷不思进取，并不给英雄志士报国杀敌的机会。后引《史记》原文，进一步抒发生不逢时之慨。亡友不遇，自己何又能免？词人并没有深发议论,而是披衣而起,哽咽之语盘而不发。俞平伯对这首词的特点做了较详细的解释,他说:"观其通篇不用实笔,似粗豪奔放,仍细腻熨帖,正如脱羁之马,驰骤不失尺寸也"(俞平伯《唐宋词选释》)。

## 4 末世悲歌:刘辰翁、文天祥、汪元量等爱国词人

宋末元初,江西境内,出现了一群词风苍凉遒劲、寄怀故国,词中充满国仇家恨之痛的词人,他们或多或少地受到辛弃疾词的影响,刘扬忠视这一群体为稼轩派之余响,并命名为"宋末元初的江西词派"。这一群体的核心词人是刘辰翁、文天祥、邓剡,非江西籍词人汪元量与文天祥唱和较多,风格近似,也归入此群体。

刘辰翁(1232~1297),字会孟,号须溪,江西吉安人。景定三年(1262)进士,廷试触忤奸相贾似道,置于丙等。因亲老,请为赣州濂溪书院山长。文天祥起兵抗元,刘辰翁参与幕府。宋亡后隐居不仕,著书终老,为宋末大儒。有《须溪集》100卷,《须溪词》3卷,存词300多首。

刘辰翁词出入东坡、稼轩之间,词学家况周颐极赏之,其《蕙风词话》评云:"须溪词,风格遒上,似稼轩,情辞跌宕,似遗山。有时意笔俱化,纯任天倪,竟能略似坡公。往往独到之处,能中锋达意,以中声赴节,世或目为别调,非知人之言也。"

学术界认为刘辰翁《兰陵王》(丙子送春)与辛弃疾《摸

鱼儿》（更能消几番风雨）有异曲同工之妙，词如下：

送春去。春去人间无路。秋千外、芳草连天，谁遣风沙暗南浦？依依甚意绪？漫忆海门飞絮。乱鸦过，斗转城荒，不见来时试灯处。

春去。最谁苦？但箭雁沉边，梁燕无主。杜鹃声里长门暮。想玉树凋土，泪盘如露。咸阳送客屡回顾，斜日未能度。

春去。尚来否？正江令恨别，庾信愁赋。苏堤尽日风和雨。叹神游故国，花记前度。人生流落，顾孺子，共夜语。

词中丙子年为宋恭帝德祐二年（1276），此年正月，宋帝奉表请降，南宋覆亡。词所谓"送春"实伤痛南宋灭亡。每段首句蝉联而下，"送春去。春去人间无路""春去。最谁苦""春去。尚来否"，一层深入一层，仿佛有呜咽之声。第一段言国势已不可为，"风沙暗南浦"暗喻北方尘沙蒙古军队征服南宋，"漫忆海门飞絮"指沿海陆秀夫的抗元力量，"依依"有期望之意，"漫忆"则此希望之渺茫，词人也知之。"乱鸦过"三句言城破后荒凉景象，不复承平之景。第二段写亡国臣民之悲苦。"箭雁沉边"喻指被掳之宋帝及太后，"梁燕无主"指江南臣民孤苦无依，"长门暮"指旧时宫殿只听得杜鹃哀鸣，虽化用秦观词，却化虚为实，一样妥帖。"玉树凋土"指为国捐躯的烈士，"咸阳送客"指被迫离开临安的臣民依依难舍的沉重心情。第三段写伤痛之余,眷恋故国,是否有复兴之望。江淹曾写《别赋》,庾信曾写《愁赋》,二人皆由南至北,有弃国之痛,此处也喻指被掳至大都的臣民。"苏堤"三句写临安乱后景象,只能追念旧时临安,愈显凄恻。"人生流落"三句说亡国之人,孤苦伶仃,只能与小儿共话兴亡。通篇用比兴手法,却不隐晦,情辞悲苦,有沉郁秾至之美。

文天祥(1236~1282),字履善,又字宋瑞,号文山,江西吉安人。宝祐四年(1256)进士第一,曾知瑞州、湖南提刑等职。德祐元年(1275),元兵攻临安,文天祥在赣州散家财起兵勤王,为右丞相兼枢密使。祥兴元年(1278)被俘,英勇就义。有《文山先生全集》,词仅存8首。其追和东坡《念奴娇》之作"悲壮雄丽",不愧作者。

### 酹江月　驿中言别友人

水天空阔,恨东风、不借世间英物。蜀鸟吴花残照里,忍见荒城颓壁。铜雀春情,金人秋泪,此恨凭谁雪?堂堂剑气,斗牛空认奇杰。

那信江海余生,南行万里,属扁舟齐发。正为鸥盟留醉眼,细看涛生云灭。睨柱吞嬴,回旗走懿,千古冲冠发。伴人无寐,秦淮应是孤月。

上片写英雄之悲情。悲故土竟成焦土,悲帝后被掳之耻,悲有此宝剑而无力回天。其中所用典故多纤柔哀婉之质,蜀鸟杜鹃之啼，江南山水之残，铜雀台二乔被掳，长乐宫金人秋泪。故上片中前后几句的英雄折戟之恨与中间几句的繁花销尽之悲形成强烈的色彩对比，顿有雄丽深悲之感。下片写英雄之豪气。曾记九死一生，万里勤王，顺江流而下，胆气甚豪；又与三五知己共举义旗，临危不惧，共度变幻风云，义气亦豪；又临寇虏而不怯，虽死而英灵不灭，愿效古人死而后已，侠气亦豪。这首词的豪情壮志可谓直冲斗牛，与其临终壮语"人生自古谁无死，留取丹心照汗青"可相媲美。

邓剡（1232～1303），字光荐，号中斋，江西吉安人。景定三年（1262）进士。文天祥举兵勤王，邓剡入文幕府。兵败再投陆秀夫，陆秀夫兵败抱帝投海，邓亦投海，两次获救。后归里隐居。有《中斋词》1卷，词风悲怆动人，代表作如下。

### 唐多令

雨过水明霞，潮回岸带沙。叶声寒、飞透窗纱。堪恨西风吹世换，更吹我，落天涯。

寂寞古豪华，乌衣日又斜。说兴亡、燕入谁家？惟有南来无数雁，和明月，宿芦花。

此词上阕写词人沦落天涯，而有伶仃凄怆之感。秋景萧瑟廖阔，雨后红霞，潮回沙涌，秋声萧寒，直透窗纱，不直说"秋声"，而说"叶声"，见出词人寂寞清冷中的易感。抗元大业已然无成，改朝换代也成定局，个人也只是流亡中的遗民。哀痛之切，莫过于此。下阕强自解嘲，豪华终归寂寞，衣冠总是凋零,旧时燕终不管人世兴亡,似乎是历史的规律,可以自慰。然而词人并不是历史的旁观者,而是参与者,所以解嘲之时更多悲凉之意。只有南来大雁,自在飞行,宿于芦花之间,以此萧瑟之景作结,与上阕形成呼应。

汪元量(1241~1317年后),字大有,号水云,浙江钱塘人。度宗咸淳间,为宫廷琴师。元兵陷临安,随三宫北行到大都。文天祥被俘,囚于大都,汪元量屡与唱和。至元二十五年(1288),汪元量以黄冠道人身份南归,后出入于庐山、鄱阳湖之间。有《湖山类稿》,存词20余首。早期词多写宫廷生活,后期词经历亡国之痛,沉雄悲壮。录其代表作一首如下。

## 水龙吟　淮河舟中夜闻宫人琴声

　　鼓鞞惊破霓裳,海棠亭北多风雨。歌阑酒罢,玉啼金泣,此行良苦。驼背模糊,马头匼匝,朝朝暮暮。自都门燕别,龙艘锦缆,空载得、春归去。

　　目断东南半壁,怅长淮、已非吾土。受降城下,草如霜白,凄凉酸楚。粉阵红围,夜深人静,谁宾谁主?对渔灯一点,羁愁一搦,谱琴中语。

汪元量在宋元之际诗人中有"诗史"之称,此词也可作"词史"。词上阕写临安宫城太后、少帝、宫人栖惶出宫的场面,极为细致。"鼓鞞"二句用《长恨歌》"渔阳鞞鼓动地来,惊破霓裳羽衣曲"句,刻画风雨欲来,宫廷歌舞不休的糜烂

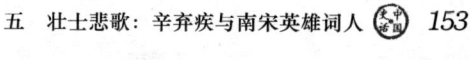

生活。"歌阕"三句用金人滴泪事,写易代被遣之哀。"驼背"三句写帝后宫人出宫陆行之凄凉,"自都门"三句写北去水程之苦。上阕全为纪实叙事之辞,下阕写听琴悲慨之语,残存的东南半壁江山已倒,臣民无立足之地,临安宫城没于野蒿,一船的宫女嫔妃皆为囚徒,再无宾主之分,仅听得到宫女琴弦中凄怨亡国之恨。这首词抒情较少,偶涉议论,也是轻轻点过,因写亲历之事,弦外之音不难感知,悲婉凄绝,不忍卒读。

# 六　复雅歌词：姜夔与
　　南宋典雅词派

　　清嘉庆二年（1797），金应珪序其师张惠言编《词选》，论及清代中期以来词坛三弊："近世为词，厥有三蔽：义非宋玉，而独赋蓬发，谏谢淳于，而唯陈履舄，揣摩床第，污秽中冓，是谓淫词，其蔽一也。猛起奋末，分言析字，诙谐则俳优之末流，叫啸则市侩之盛气，此犹巴人振喉以和阳春，黾蝈怒嗑以调疏越，是谓鄙词，其蔽二也。规模物类，依托歌舞，哀乐不衷其性，虑叹无与乎情，连章累篇，义不出乎花鸟，感物指事，理不外乎酬应，虽既雅而不艳，斯句而无章，是谓游词，其蔽三也。"金应珪所谓"淫词""鄙词""游词"三种现象其实在宋代就开其端，尤其是前两种"淫词""鄙词"乱象，自柳永以来即蔚成风气。南宋初年王灼说北宋末期词坛："今之少年，……十有八九不学柳耆卿，则学曹元宠。"（王灼《碧鸡漫志》）柳永正是宋人所认为的淫艳低俗之词的代表，曹组也是宋代以来所认为俳谐鄙俗之词的代表。

## 六　复雅歌词：姜夔与南宋典雅词派

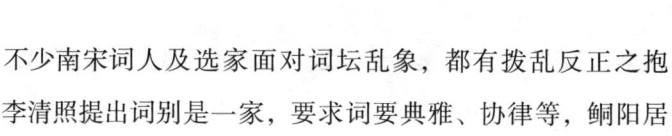

不少南宋词人及选家面对词坛乱象，都有拨乱反正之抱负，李清照提出词别是一家，要求词要典雅、协律等，鲖阳居士甚至批评北宋一些宗工巨儒"荡而不知所止"，曾慥选《乐府雅词》"涉谐谑则去之"。这都反映了南宋词坛复雅的倾向，而在艺术创作上鲜明地体现了词坛这一变化的是姜夔及其追随者。

## 1　淮南皓月冷千山：姜夔与《白石道人歌曲》

姜夔之为人，据其亲炙者陈郁《藏一话腴》云："白石道人姜尧章，气貌若不胜衣，而笔力足以扛百斛之鼎，家无立锥，而一饭未尝无食客，图史翰墨之藏，充栋汗牛，襟期洒落如晋宋间人，意到语工，不期于高远而自高远"。姜夔与晏幾道则颇有相似之处，不同者，姜夔清幽孤洁之怀，似无人能及。

姜夔（1155？～1221？），字尧章，号白石道人，又号石帚，江西鄱阳人。幼随父宦，往来沔、鄂几二十年。淳熙间客湖南，识老诗人萧德藻，德藻以兄子妻之，携之同寓湖州。一生不仕，尝客于范成大、京镗、张鉴门下，当时名公大儒俱赏其人品，爱其诗文，张鉴欲输资为其捐官，拒之，又欲赠园林终老，再辞谢。张鉴殁，旅食浙东、嘉兴、金陵间，卒于西湖，年六十余，贫不能葬，后其门人吴潜诸人助之葬钱塘门外西马塍。姜夔诗名亦著，有《白石道人诗集》《白石道人诗说》，又工书善曲，有《续书谱》《大乐议》等著作。词尤杰出，有《白石道人歌曲》，仅存87首。

姜夔为宋词一大家，清人戈载甚至说："白石之词，清气盘空,如野云孤飞,去留无迹;其高远峭拔之致,前无古人,后无来者,真词中之圣也!"(戈载《宋七家词选》)这种说法虽未免夸大,但对姜夔词特点的把握是非常到位的。

简而言之,姜夔对词坛的贡献主要有三个方面。

其一,姜夔创造了一种清空幽洁的唯美词境,是词品和人品完美统一的典范。清人刘熙载云:"词家称白石曰'白石老仙',或问毕竟与何仙相似?曰藐姑冰雪,盖为近之。"(刘熙载《词概》)此言其人品峻洁,其词亦营造了一种不食人间烟火、幽潭见影,令人神观飞越的境界。这不仅在他的恋情词、咏怀身世之词,甚至在他的忧时伤世之词中也有鲜明体现。

姜夔的恋情词中,经常表现一种迷离恍惚、凄清孤洁的情愫,既让人感受到男女主人公恋情的坚贞,也让人感受到离别异处的凄迷,如他的名作《踏莎行》。

### 踏莎行

自沔东来,丁未元日,至金陵,江上感梦而作。

燕燕轻盈,莺莺娇软,分明又向华胥见。夜长争得薄情知,春初早被相思染。

别后书辞,别时针线,离魂暗逐郎行远。淮南皓月冷千山,冥冥归去无人管。

此词上片写词人相思而入梦,燕燕、莺莺皆指所爱,"轻盈"言其体态,"娇软"言其音色,"华胥"指梦境,此相思之深,故深爱之女子梦中音容笑貌如在眼前。后两句为感梦之情,长夜无眠,薄情人怎知?初春之时,即为相思所染。元日之时,春尚未发,则此相思与伤春无涉,而是浓浓情意,已过春染。下片写梦醒之思念,代对方立言,别后鸿雁不断,别时针线密缝,用语虽淡而深。"离魂"句言情人牵挂,故随郎梦中相见,则此二人情深已极,眷恋缱绻之情可以想知。"淮南"二句为怜爱之词,梦中情人归程如何,但见皓月临空,千山冷寂,唯有离魂归去,缥缈独行。全篇无理而妙,更见出魂牵梦绕之款款深情。尤其结句,意境清幽、冷寂、苍阔,充分表现了词人的孤凄心境。

词人这种恋情词很多,如《鹧鸪天》,同样以清幽之笔写深挚之情,追念其离别二十几载的合肥女子。

肥水东流无尽期,当初不合种相思。梦中未比丹青见,暗里忽惊山鸟啼。
春未绿,鬓先丝。人间别久不成悲。谁教岁岁红莲夜,两处沉吟各自知。

姜夔的咏怀身世之作,多表现其幽独孤高、飘零哀感之情,也有的表现其遗世独立、幽韵冷香之怀,作品如下。

### 点绛唇

丁未冬,过吴松作。

燕雁无心,太湖西畔随云去。数峰清苦,商略黄昏雨。
第四桥边,拟共天随住。今何许?凭阑怀古,残柳参差舞。

## 庆宫春

绍熙辛亥除夕,余别石湖归吴兴,雪后,夜过垂虹,尝赋诗云:"笠泽茫茫雁影微,玉峰重叠护云衣;长桥寂寞春寒夜,只有诗人一舸归。"后五年冬,复与俞商卿、张平甫、铦朴翁自封禺同载诣梁溪。道经吴松,山寒天迥,云浪四合,中夕相呼步垂虹,星斗下垂,错杂渔火,朔吹凛凛,卮酒不能支。朴翁以衾自缠,犹相与行吟,因赋此阕,盖过旬涂稿乃定。朴翁咎余无益,然意所耽,不能自已也。平甫、商卿、朴翁皆工于诗,所出奇诡;予亦强追逐之,此行既归,各得五十余解。

双桨莼波,一蓑松雨,暮愁渐满空阔。呼我盟鸥,翩翩欲下,背人还过木末。那回归去,荡云雪、孤舟夜发。伤心重见,依约眉山,黛痕低压。

采香径里春寒,老子婆娑,自歌谁答?垂虹西望,飘然引去,此兴平生难遏。酒醒波远,正凝想、明珰素袜。如今安在?惟有阑干,伴人一霎。

《点绛唇》词作于姜夔自湖州至苏州访范成大途经吴松之时,吴松为晚唐陆龟蒙隐居之所,词人常以自况,故词中及之。词通篇以写景为主,下片仅"今何许"句感伤时事,而就此煞住。上片"燕雁"两句写词人漂泊无依的生活,"无心"一词又点出其心无挂碍之悠远;"数峰"两句则见凄迷之态,山雨氤氲,群山清寂,故以"清苦"言之。沈祖棻云:"数峰二句,最是白石本色。"盖此时白石心境亦如此。过片"第四桥边"两句则写词人徘徊于第四桥边,想及陆龟蒙（号"天随子"）亦以布衣终，情怀高逸，与己相若，则生追随之意，情感似乎洒落；"今何许"句又生古今对比之思，姜夔的时代和个人处境与陆龟蒙俱不同，虽欲隐而不得，姜夔虽以才艺、品概与人相交，然不免乞食之讥，其中凄苦不可抑制。"凭阑"两句再一转，只写凭栏所见，风中残柳，在暮色苍茫中，凄零摇曳，何其哀婉幽独！词虽短，却针线细密，引而不发。俞陛云评："清虚秀逸，悠然骚雅遗音。"

《庆宫春》词序颇长，虽也交待词的创作本事，却可作一篇自足的精致美文看，按林顺夫的说法，这类序是词的"美学范畴的拓展"（林顺夫《中国抒情传统的转变：姜夔与南宋词》）。序文先写五年之前雪夜归吴兴时，途经垂虹亭的清独情境，五年之后再经吴松垂虹桥，却是与知己四人夜泛诗兴，情景描写十分详细，暮夜天寒，风景奇绝，老诗人缠被于身，行吟不绝，一幅雪夜行吟图悠然笔下。词的上阕是清独之愁的抒发，下阕是吟诗豪兴的流露。上阕写景回忆，双桨荡波，独披蓑衣，入暮轻愁渐满江面，与伴盟鸥，翩然飞过树梢，想起当年一叶孤舟漂荡于云雪之间，情景何等清幽凄美！"伤心"三句转入现在，情景依稀如旧，远山如眉，峰峦如黛，轻颦微蹙，愁意如昨儿。过片兴致转豪，春寒清兴，醉酒独舞，自歌自答，似此豪兴，几人能知？小舟飘然往东，诗友同行，享此清景，其情逸兴遄飞，难以遏制。真有天外飞仙之叹！"酒醒"后几句则由豪转悲，想起自己一世飘零，饱经沧桑，相知相怜

姜夔《点绛唇》(燕雁无心)

之女子已然逝去,悲不自胜。只有垂虹亭之阑干,尚能凭倚,结句悠远,感慨良多。这首词通体空灵,结构清警,实为姜夔力作。

姜夔忧时伤世之词也多清寒劲拔,表现了其流落江湖,不忘君国的淑世之情,如其名作《扬州慢》。

## 六 复雅歌词：姜夔与南宋典雅词派

### 扬州慢

淳熙丙申正日，予过维扬。夜雪初霁，荠麦弥望。入其城则四顾萧条，寒水自碧，暮色渐起，戍角悲吟。予怀怆然，感慨今昔，因自度此曲。千岩老人以为有"黍离"之悲也。

淮左名都，竹西佳处，解鞍少驻初程。过春风十里，尽荠麦青青。自胡马窥江去后，废池乔木，犹厌言兵。渐黄昏、清角吹寒，都在空城。　　杜郎俊赏，算而今、重到须惊。纵豆蔻词工，青楼梦好，难赋深情。二十四桥仍在，波心荡冷月无声。念桥边红药，年年知为谁生？

此词上片写扬州战乱之后 16 年的荒芜景象，无限悲慨和凄怆。"淮左"两句写其往日繁华和山水名胜。"过春风"后几句则写扬州今日之荒凉，以前春意盎然的十里长街，现在却荒无人烟，荠麦青青了，战后的扬州，只剩下荒废的池塘和高耸的古树，劫后余生的人们不愿想起这场残酷的战争，黄昏戍楼的号角呜呜吹出，更显得空城寒寂。下片写词人的感慨。以杜牧风流，再到如今的扬州，怕是大为惊痛了。纵其能赋出"豆蔻梢头二月初"和"十年一觉扬州梦，赢得青楼薄幸名"的风流佳句，对此扬州残景，心再无深情之句了。当年的赏月之所二十四桥仍在，但如今全无赏月之人，只有微波荡漾，月照空城。桥边芍药，年年盛开，却再无人欣赏。这首词全篇用对比之法，并频繁引用扬州盛时杜牧诗句，凸显出战后扬州的繁华不再，文物凋零，从而达到对战争的控诉和乱后余生的怜悯，并且由于没有将情感的悲怆直接写出，而显得有一种深婉蕴藉的力量。

其二，姜夔的咏物词开创了一种新的描写传统，即他对物的关注并不主要在物的外在形态的相似，而更主要的是从物的神理着眼，更多地将个人的感受、襟怀、精神品性贯注到物之中。正如缪钺所观察到的，"白石词中所写的梅与荷，并非常人所见的梅与荷，乃是白石于梅与荷中摄取其特性，而又以自己的个性融透于其中，说他是写梅与荷固然可以，说他是借梅与荷以写自己的襟怀亦无不可，所以意境深远，不同于泛泛咏物之作"（缪钺《姜白石之文学批评及其作品》）。姑取姜夔咏梅词一首如下。

### 暗香

辛亥之冬，予载雪诣石湖。止既月，授简索句，且征新声，作此两曲，石湖把玩不已，使二妓肆习之，音节谐婉，乃名之曰《暗香》、《疏影》。

旧时月色，算几番照我，梅边吹笛？唤起玉人，不管清寒与攀摘。何逊而今渐老，都忘却春风词笔。但怪得竹外疏花，香冷入瑶席。

江国，正寂寂。叹寄与路遥，夜雪初积。翠尊易泣，红萼无言耿相忆。长记曾携手处，千树压西湖寒碧。又片片吹尽也，几时见得？

白石词中，咏梅花之作众多，正是他词格"幽韵冷香"的体现，也是他个人品格的体现。此词上片挽合今昔，以往日清兴反衬此刻萧索，造景清洌，笔触不离梅花，而又关涉词人心境。起首三句即以往事逆入，梅边月下，笛声悠扬，极言当时情境之清。"唤起"二句复引入怀人，清寒摘梅，玉人花影，笛声月色，何等清雅！"何逊"两句笔锋陡转，折入现时之颓唐之境，又何等萧飒！梁朝何逊曾写有《早梅诗》，词人以何逊自拟，言"渐老"则已非少年兴致。"但怪得"两句又宕开出去，似怨梅花不知何逊已老，帘外疏梅，幽香暗吐，飘入瑶席，启人神思。下片从空间的转换着眼，亦涉及以往情事。江国岑寂，浮想联翩，欲寄相思，而路遥雪积，心神惨恻。"翠尊"两句言此情欲寄未得，只能对此无言红萼伤怀相忆。"长记"两句忆其欢聚时梅花之盛，言"西湖寒碧"是指往年曾于西湖探梅，又非现在吴江之地，空间亦有所隔绝。"又片片"两句又转向当前，梅花冷香如昔，繁盛则不如前，以梅花的零落隐喻韶华的衰老、情事的凋残，可谓沉痛之极！夏承焘评此词云："这首词以盛衰为脉络，以今昔为开合，到下片忽又插入怀人的主题。这好比一首交响乐的旋律，它于表现第一主题第二主题之外，有时又插入第三主题，它们错综地交相出现，使乐曲的旋律更加丰富，更加美听。"（夏承焘《姜白石词编年笺校》）以其咏物的特点来说，通篇咏梅而贯以词人情事，不粘不脱，用意空灵。

姜夔的其他咏梅咏荷之作都有如此特点，各录一首如下。

### 疏影

苔枝缀玉，有翠禽小小，枝上同宿。客里相逢，篱角黄昏，无言自倚修竹。昭君不惯胡沙远，但暗忆、江南江北。想佩环、月夜归来，化作此花幽独。　犹记深宫旧事，那人正睡里，飞近蛾绿。莫似春风，不管盈盈，早与安排金屋。还教一片随波去，又却怨、玉龙哀曲。等恁时、重觅幽香，已入小窗横幅。

### 惜红衣

吴兴号水晶宫，荷花盛丽。陈简斋云："今年何以报君恩，一路荷花相送到青墩。"亦可见矣。丁未之夏，予游千岩，数往来红香中，自度此曲，以无射宫歌之。

簟枕邀凉，琴书换日，睡馀无力。细洒冰泉，并刀破甘碧。墙头唤酒，谁问讯、城南诗客。岑寂。高柳晚蝉，说西风消息。

虹梁水陌，鱼浪吹香，红衣半狼藉。维舟试望，故国眇天北。可惜渚边沙外，不共美人游历。问甚时同赋，三十六陂秋色。

其三，姜夔的词序突破了一般词题序的功能，不仅提供了词创作的背景和本事，也具有自足的审美特性，可作美文小品读。姜夔的词序与词作之间的关系，以美籍学者林顺夫研究得最为细致。林顺夫注意到，姜夔的词序具有四个方面的作用：第一，提供其他词序相同的一般品质及创作情境；第二，美学范畴的拓展；第三，与词作构成一种戏剧张力；第四，提供一些其他方面的信息，如时代的音乐技巧和曲调起源的相关问题等。从文学审美角度而言,第二、第三项功能有较强的文学意味。例如前面提到的《庆宫春》的词序,即将词的清幽逸兴更多地拓展出来了。再如下面一首词。

### 念奴娇

予客武陵,湖北宪治在焉。古城野水,乔木参天。予与二三友,日荡舟其间,薄荷花而饮,意象幽闲,不类人境。秋水且涸,荷叶出地寻丈,因列坐其下,上不见日,清风徐来,绿云自动。间于疏处,窥见游人画船,亦一乐也。揭来吴兴,数得相羊荷花中。又夜泛西湖,光景奇绝。故以此句写之。

闹红一舸,记来时、尝与鸳鸯为侣。三十六陂人未到,水佩风裳无数。翠叶吹凉,玉容销酒,更洒菰蒲雨。嫣然摇动,冷香飞上诗句。

日暮,青盖亭亭,情人不见,争忍凌波去?只恐舞衣寒易落,愁入西风南浦。高柳垂阴,老鱼吹浪,留我花间住。田田多少,几回沙际归路。

此词主要写赏荷清兴。上片写荷花盛开时的赏玩逸兴。荷花盛开时,日与鸳鸯为伍,为尽情赏荷,驾舟荷花深处,荷叶清凉,荷花销魂,轻风吹起,水溅清荷,更添妩媚之姿,荷风吹拂间,冷香郁勃,引人诗思。下片写荷花由盛转衰时诗人的流连,日暮之时,西风愁起绿波间,荷花不忍凌波而去,只怕花瓣容易凋零,随风吹入南浦。垂荫高柳,吐浪老鱼,殷勤留我驻花间。田田莲叶,更使我徜徉瞻顾,不忍归去。

词序记其几次赏荷甚细。客武陵时,其不过20余岁,即对荷倾心,"日荡舟其间",意态幽闲,又荷枯时节,列坐荷叶之下,享清风拂面,看云卷云舒,亦闲逸之至;比来吴兴,又流连于荷花之间,夜泛西湖,更感荷香清幽,不类人境。词与序对读,始知其赏荷花是多年以来感触所得,词中花盛花残,亦非一时一地所感,而是综合了人生的积淀、感官经验的长期留存,明乎此,我们对姜夔之爱荷花当有更深的理解。此外,词中境界在序中均有体现,甚至于作为一篇美文而言,其价值不逊于词。序中用语之精致,情境之潇洒亦有溢出词句处,当细细品味可知。

至于词序表现戏剧张力,林顺夫曾举《浣溪沙》(著酒行行满袂风)词为例,其词序表现的是愉悦闲适的郊游,意境悠然,而词作却是对爱情的痛苦回忆,深挚凄恻,之所以会有这种戏剧张力,林顺夫说:"这是愉快的郊游与痛苦的爱情之间的张力,而后者此刻仅存于诗人的记忆之中。在提升词的表现力的同时,戏剧张力也在创作行为中得到释放,因为词唯一的重心所在即是张力所引发的情感表述"。

尽管姜夔的词序之长在历代颇受非议,但他的影响也是显然的,清代浙西词派领袖厉鹗自觉地继承了姜夔词的这种特点,如他的《忆旧游》(溯溪流云去)词序,也堪称一篇美文。

辛丑九月既望,风日清霁,唤艇自西堰桥,沿秦亭、法华,湾洄以达于河渚。时秋芦作花,远近缟目。回望诸峰,苍然如出晴雪之上。庵以"秋雪"名,不虚也。乃假僧榻,偃仰终日,唯闻棹声掠波往来,使人绝去世俗营竞所在。向晚宿西溪田舍,以长短句写之。

## 2 映梦窗凌乱碧:吴文英与《梦窗甲乙丙丁稿》

吴文英为宋词一大家,然而宋人并不如此看。宋末学者张炎说:"梦窗如七宝楼台,眩人眼目,碎拆下来,不成片段。"(张炎《词源》)吴文英的好友沈义父说:"梦窗深得清真之妙,其失在用事下语太晦,人不可晓。"(沈义父《乐府指迷》)吴文英的大家地位,一直到清代中后期才肯定下来,周济《宋四家词选》将吴文英列为宋四家之一,并说:"梦窗奇思壮采,腾天潜渊,返南宋之清泚,为北宋之秾挚"。然而要读懂梦窗,的确不易,民国学者讥评梦窗更多,王国维虽然治词名家,也认为吴文英之词不过一两首为佳,论其风格,则说:"梦窗之词,余得取其词中一语以评之曰:'映梦窗凌乱碧'"(王国维《人间词话》)。王国维显然不是以赞扬的口吻来评价的,然而换个角度说,梦窗辞藻的晦涩、情感的迷离、思维的跳跃、结构的繁复等这些特点,用此语评之亦无不可。

吴文英(约1212~1272),字君特,号梦窗,晚号觉翁,浙江宁波人。本姓翁氏而入继吴氏。终身未仕,先后游幕于吴潜和赵与芮门下,长年往来于苏州、杭州、越州三地,坎坷以终，有《梦窗甲乙丙丁稿》，存词350多首。

较为集中地体现了吴文英词的特点的作品如下面这首。

### 齐天乐　与冯深居登禹陵

三千年事残鸦外，无言倦凭秋树。逝水移川，高陵变谷，那识当时神禹？幽云怪雨，翠萍湿空梁，夜深飞去。雁起青天，数行书似旧藏处。

寂寥西窗久坐，故人悭会遇，同剪灯语。积藓残碑，零圭断璧，重拂人间尘土。霜红罢舞，漫山色青青，雾朝烟暮。岸锁春船，画旗喧赛鼓。

此词为怀古之作。通常怀古咏史之词在写作上包括怀其时、咏其事、慨其情三方面，在吴文英此作中，这三者表现均不明显，甚至时空也有错乱之感，如全首词多秋天之景，而"翠萍湿空梁"或为夏时之景，"岸锁春船"又为春天之景；词主题为登陵，而下阕又有久坐西窗之语，似乎零乱之极。要读懂此词，当然首要寻绎其脉络。万云骏认为"吴文英的词，其结构平顺者少，奇变者多，一变以前写景、述事中见感情的发展，而为以抒情的线索来贯串写景，述事。换句话说，吴以前的词，大多实中见虚，而吴词则往往是虚中带实"（唐圭璋主编《唐宋词鉴赏辞典》）。这首词劈面而来即以"三千年事残鸦外"将读者引入苍茫之历史时空中，大禹之世至宋三千余年，"残鸦外"则此茫茫功绩已经销沉于残鸦影外，有荒远寥漠之感，"无言倦凭秋树"意味颇长，大禹之丰功伟绩足以

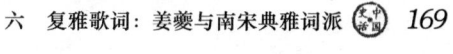

万世垂戴，词人却以"倦"字系之，则怀古伤今之意明矣。吴文英虽为江湖词人，但已居南宋末世，何来顶天立地之士？"逝水"三句即为上句之阐发，三千年来，大禹所治水道几经变迁，大禹所经高山大川或已沦为深谷，再无陈迹。"那识"句可谓一语双关，斯文不复，伟人难再，衰世之征。"幽云"三句忽以玄怪之笔，描述神迹遗存之见证。"幽云怪雨"为龙腾之征，夜深飞去，仅剩翠萍湿绕禹庙之梁，可见吴文英对时事仍是心存期冀的。"雁起"两句从梦幻想象中跳出，极目青天，雁行之书似指大禹藏书之所，则平治天下仍当有望也。上片全为思古之幽情，与历来登临之作已有不同，下片始转入登临。"寂寥"三句呼应题面，似说缘由。冯深居与其为多年挚友，然而常年不遇，故说"故人悭会遇"，有人世寂寥，今昔离别之悲，与词作的情感是一致的，则二人对历史和时事的感慨当有相近之处。后文即写二人寻古探幽之举，前三句为回忆，故联床夜话，其后述当时，故日暮访古。"积藓"三句即登临所见，然而其中也多为悬想，大禹之时尚无文字，何来碑刻，玉圭之说也源自传说而已。但其中亦有意义在，《左传》记载："禹合诸侯于涂山，执玉帛者万国"。则"零圭"之意除有对历史之神往外，尚有恢复中原，天下一统之意。"霜红"三句跳出历史情事，而写下山见闻，以色彩鲜艳之笔写出，有哀艳凄迷之感。"岸锁"两句忽写春景，人多不晓，叶嘉莹解释得好，她说："若此等处，惟大作者始能不为硁硁琐琐但知拘守之小家态，而后能有此腾跃笼罩之笔。……盖开端之'倦凭秋树'，乃是当日之实景，至于'霜红罢舞'则已不仅当日之所见而已，而乃包容秋季之全部变化于其中；至于'山色青青'，则更于其中透出暮往朝来、时移节替之意。于是而秋去冬来，于是而冬残春至，则年年春日之时，于此山前当可见岸锁舟船，处处有画旗之招展，时时闻赛鼓之喧哗"（叶嘉莹《唐宋词十七讲》）。依叶所言，则此春日之景亦为词人情感之跳跃、意识之流动，为想象之词。盖越州一地春日有祭神赛鼓之会，故联想及之，而人世盛衰，春秋代序于此见焉，也正如董士锡所言"梦窗每于空际转身，非具大神力不能"。此词足为力证。

吴文英词中也有情感跌宕，脉络较为分明的，如号称词中第一长调的《莺啼序》。

### 莺啼序

残寒正欺病酒，掩沉香绣户。燕来晚、飞入西城，似说春事迟暮。画船载、清明过却，晴烟冉冉吴宫树。念羁情、游荡随风，化为轻絮。

十载西湖，傍柳系马，趁娇尘软雾。溯红渐招入仙溪，锦儿偷寄幽素。倚银屏、春宽梦窄，断红湿歌纨金缕。暝堤空，轻把斜阳，总还鸥鹭。

幽兰旋老，杜若还生，水乡尚寄旅。别后访六桥无信，事往花委，瘗玉埋香，几番风雨？长波妒盼，遥山羞黛，渔灯分影春江宿。记当时短楫桃根渡，青楼仿佛，临分败壁题诗，泪墨惨淡尘土。

危亭望极，草色天涯，叹鬓侵半苧。暗点检离痕欢唾，尚染鲛绡，嚲凤迷归，破鸾慵舞。殷勤待写，书中长恨，蓝霞辽海沉过雁，漫相思弹入哀筝柱。伤心千里江南，怨曲重招，断魂在否？

此词虽长，结构却甚为鲜明，第一段游湖，因春景而触发羁情；第二段欢会，追溯别前情事，写初遇所爱之人时的欢情；第三段伤别，写别后情事，又交叉着相恋时情事和临别时凄怨；第四段凭吊，写对逝者的哀悼相思，其中又饱含怅惘、寄恨、回忆等情绪。陈洵说："通体离合变幻，一片凄迷，细绎之，正字字有脉络。"（陈洵《海绡说词》）读梦窗他词，亦当作如是观。

梦窗词中也有清丽淡雅之作，如下面这首：

### 风入松

听风听雨过清明，愁草瘗花铭。楼前绿暗分携路，一丝柳，一寸柔情。料峭春寒中酒，交加晓梦啼莺。

西园日日扫林亭，依旧赏新晴。黄蜂频扑秋千索，有当时纤手香凝。惆怅双鸳不到，幽阶一夜苔生。

这首词也是怀人之作。首两句伤春，点明时节，风雨不写见而用"听"字，词人惜花伤春之情可谓浓至；落花满地，终难以为情，应加收拾，欲为之写就瘗花铭，词人之深悲哀怨可知。"楼前"三句接着写伤别，当时楼前柳下，凄黯分别，悽恻难离，杨柳多情，"一丝柳，一寸柔情"，万丝柳则万寸柔情。"料峭"两句写相思之痛,病酒往往畏寒,而料峭之寒复侵袭之,晓梦迷离,而啼莺不断,词人则时梦时醒,凄迷愁怛,不能自已。下片写词人对好春时节的相思,清明已过,天气放晴,"依旧"两字写出词人虽不忍去而仍不忍不去林亭赏晴。黄蜂所停留之秋千,残留当时荡秋千之人的香气,怀人至此,深也,痴也。"惆怅"两句写惆怅怨望之情,明知其不再来而一再望之,失意之情不直接表出,而说台阶一夜生苔。用"一夜"而不说经久,则旧时相携步阶之印象鲜明,恍如昨夜。全词用语柔厚,谭献评:"有五季遗响"(谭献《复堂词话》)。

## 3 怕见飞花,怕听啼鹃:张炎与王沂孙的词

宋元之际的词人,在南宋覆亡以后,选择了不同的抗争方式,有的参与义军,抵抗元军,失败后或隐遁山林,或绝食以死,有的闲隐都市,足不出户,也有的应征学官,旋即遁还。而因为他们不同的生活方式和心理调适,他们在创作中也体现出不同的风格。亡国以后,刘辰翁、汪元量、邓剡等人或随军于文天祥幕中,或受文天祥所鼓舞,在他们的词中都有悲壮之音。临安的词人士子,或受征召不赴,或勉为学官,然而抗争者少,在他们的词中虽也有亡国之悲,却往往通过曲折、幽晦、典雅的语言风格来展现。临安词人群的代表人物当属张炎和王沂孙。

张炎(1248～?),字叔夏,号玉田,又号乐笑翁,浙江

杭州人。宋亡前承平公子，啸傲山水。1276年，元兵攻破临安，张炎因此流落江湖，曾应召至大都写经，未受官职，一年后归到江南，往来江浙之间，布衣而终。词集名《山中白云词》，存词302首，又有词学专著《词源》。

张炎是南宋典雅词派的总结者，他的《词源》提出"词要清空，不要质实"的观点，标榜周邦彦、姜夔词。其自作词清远蕴藉，晚年词风一变，苍凉激楚。录其前后期词作各一首。

### 高阳台　西湖春感

接叶巢莺，平波卷絮，断桥斜日归船。能几番游？看花又是明年。东风且伴蔷薇住，到蔷薇、春已堪怜。更凄然，万绿西泠，一抹荒烟。

当年燕子知何处？但苔深韦曲，草暗斜川。见说新愁，如今也到鸥边。无心再续笙歌梦，掩重门、浅醉闲眠。莫开帘，怕见飞花，怕听啼鹃。

### 甘州

辛卯岁，沈尧道同余北归，各处杭、越。逾岁，尧道来问寂寞，语笑数日，又复别去，赋此曲，并寄赵学舟。

记玉关踏雪事清游，寒气脆貂裘。傍枯林古道，长河饮马，此意悠悠。短梦依然江表，老泪洒西州。一字无题处，落叶都愁。

载取白云归去，问谁留楚佩，弄影中洲？折芦花赠远，零落一身秋。向寻常野桥流水，待招来不是旧沙鸥。

空怀感,有斜阳处,却怕登楼。

《高阳台·西游春感》为张炎北游燕、蓟后南归重游西湖时所作。词人借题咏西湖暮春景象抒发国破家亡的哀感。上片写西湖晚春,"接叶"三句写西湖之美,光景如旧,黄莺仍在接天绿叶中鸣啭,轻飏柳絮随风卷入波心,断桥下,斜阳晚照归帆。"能几番"两句把暮春之景淡淡说出,意甚哀愁,春花已谢,看花只能等待明年。"东风"两句仍是惜春之情,蔷薇花开,连春及夏,尚有春意,然蔷薇花开春已残矣,仍以含蓄之笔写沉郁之情。"更凄然"三句用笔则显,以前的西泠桥下,赏花游春之人络绎不绝,而今只剩荒烟,点明词旨,明为惜春,实为深悼。下片抒发重游西湖的古今兴亡之感。"当年"三句,隐喻当年的贵族落魄,曾经的狂歌走马之地,如今也青苔深深,芳草消黯。"见说"两句用加倍写法,鸥鹭本是闲适之物,这里借指词人自己,如今也染愁绪了。"无心"两句写词人对此残景,悲不自胜,只有闭门饮酒,睡个闲觉而已。"浅醉""闲眠"二词似淡实深,其实是自斟自饮,了不成滋味。"莫开帘"三句进一步写其凄楚,故国残春,家世之痛一齐涌来,两个"怕"字写足其凄婉哀怨、痛彻心扉之感。

《甘州》一词则不似《高阳台》蕴藉空灵,而是感慨淋漓,沉郁顿挫。此词作于1292年,其时友人沈钦自杭来越探望张炎,相聚数日复又分手。上片前五句追忆1290年北上大都情景,"记玉关"两句回忆初到北地时的酷寒。"傍枯林"三句写途中苍凉之景,古道凋林,冰河饮马,栖迟关外,情

张炎《高阳台·西游春感》

当悽怆。"此意悠悠"用《诗经·黍离》"彼黍离离,彼稷之苗。行迈靡靡,中心摇摇。知我者谓我心忧,不知我者谓我何求。悠悠苍天,此何人哉"意,则词人应征北上又不得已之情融摄于其中。"短梦"两句折到南归之意,谓居北地而对江南魂牵梦绕,终得回归,"西州"用东晋羊昙悼念其舅谢安终身不入西州门事,而此处词人得返西州实也有再世为人之慨。此情无计可消除，故结句说重回首，情难言说，落叶虽可题诗，也愁苦不言。下片写重聚之后再别情景，"载取"三句言友人归隐，无人共度中洲，此为劝留惜别之意。"折芦花"以下均为别后悬想。此后相思，只能折芦花寄远，芦花或作水中游，而亦有作者自喻，言若见芦花，则知我之凋零凄寂。而我也只是放浪于野桥流水之间，却无旧时知己相陪。无限悲凄，无人能知，斜阳最苦，不敢登楼。末句收束全词情感，悠远伤感。

王沂孙（1240？~1310？），字圣与，号碧山，又号中仙、玉笥山人，浙江会稽人。宋亡前闲居园林，与张炎等人结社杭州。宋亡后应召为庆元路学正，不久辞官归里。曾发起《乐府补题》唱和，为宋元之际主要词人，有《花外集》，存词64首。

清代周济将王沂孙列为宋四家之一，认为王沂孙词"咏物最争托意，隶事处以意贯串，浑化无痕，碧山胜场也"（周济《宋四家词选目录叙论》）。王词以咏物之作最佳，最有名之作如下。

### 齐天乐　蝉

一襟余恨宫魂断，年年翠阴庭树。乍咽凉柯，还移暗叶，重把离愁深诉。西窗过雨。怪瑶珮流空，玉筝调柱。镜暗妆残，为谁娇鬓尚如许？

铜仙铅泪似洗，叹移盘去远，难贮零露。病翼惊秋，枯形阅世，消得斜阳几度？余音更苦。甚独抱清高，顿成凄楚？谩想薰风，柳丝千万缕。

## 六 复雅歌词：姜夔与南宋典雅词派

王沂孙此词是《乐府补题》唱和五题之一。学术界一般认为，"蝉"一题背景似为元统治者强行征召江南士人，这对心系故国的遗民来说，无疑是种侮辱，就像寒蝉遭遇肃杀的秋风。王沂孙此作用典极多，首句源于《古今注》传说，据载齐王后忿恨而死，尸变为蝉，登庭树悲唳而鸣，此暗示南宋覆国之痛。"乍咽"三句写秋蝉或鸣咽于高枝，或深藏于暗叶，余恨难已，不断哭诉。"西窗"句为场景转移，"过雨"一词又暗示寒蝉经雨，词人想象其凄零之状。"瑶珮流空"谓蝉翼相触之音如女子珮玉相击之声回响空中，"玉筝调柱"谓蝉飞去之声如女子调弄筝柱，感触细腻，想象细微，如苏轼之"铿然一叶"效果。"镜暗"两句则承前把蝉想象成哀伤憔悴女子，本为残妆，却仍有娇鬟。"为谁"句峭拔有力，叶嘉莹说："盖此女子虽然悲伤憔悴无意于容饰，而其头上之鬟发则有无待容饰而自然娇美者在，盖极写此女子丽质天成之难以弃毁。然而娇鬟虽美而赏爱无人，故以'为谁'二字问之"。同时，也可联想到《离骚》美人之喻，似此孤贞高洁，乱世之后，谁人能知？故下半阕写其深悲。"铜仙"三句用李贺《金铜仙人辞汉歌》典故，汉之金人和承露之盘被魏人自汉宫移去，则空中风露无处可贮，而哀蝉无露可饮，极言失国后孤苦伶仃之痛。"病翼"三句言哀蝉以此残躯，尚能维持几时？实言亡国之心如槁灰。"余音"三句继言病蝉深诉，感慨自己独抱清高之志。然匆遽间枯残若此，则王沂孙等人亡国以后之经历实有苦不堪言者。结句甚为跳荡，蓦然撇开眼前之悲苦，回忆往日之南风和煦的欢欣。而"谩想"二字正见出余音哀苦之中的徒然追想，欢欣之中更多悲催之泪。这首词的寄托之意是明显的，陈廷焯云："王碧山词，品最高，味最厚，意境最深，力量最重，感时伤世之言，而出以缠绵忠爱，诗中之曹子建、杜子美也。词人有此，庶几无憾"（陈廷焯《白雨斋词话》）。此词尤为得之。

## 4 史达祖、蒋捷、周密等同调词人

清代浙西词派师法姜夔、张炎，尤以姜夔为不二法门，朱彝尊曾经构建了一个以姜夔为中心的宋元典雅词人群体，他说："词莫善于姜夔，宗之者张辑、卢祖皋、史达祖、吴文英、蒋捷、王沂孙、张炎、周密、陈允平、张翥、杨基，皆具夔之一体"（朱彝尊《词综·凡例》）。南宋词人除以上所述外，史达祖、蒋捷、周密三人成就较高。

史达祖（1163？～1220？），字邦卿，号梅溪，河南开封人。屡试不第，生活清贫，早年游幕于扬州、荆江、汉水一带，后为韩侂胄堂吏。韩侂胄北伐失败后，史达祖亦株连流放，卒于途中。著有《梅溪词》，存词112首。

史达祖尤擅长咏物，其咏燕一词，王士禛认为"人巧极天工错矣"。

双双燕　咏燕

过春社了，度帘幕中间，去年尘冷。差池欲住，试入旧巢相并。还相雕梁藻井，又软语商量不定。飘然快拂花梢,翠羽分开红影。

芳径,芹泥雨润。爱贴地争飞,竞夸轻俊。红楼归晚,看足柳昏花暝。应自栖香正稳,便忘了天涯芳信。愁损翠黛双蛾,日日画阑独凭。

这首词以白描的手法传神地表现了春燕轻盈清俊的自由、欢乐神态。"过春社了"点明时节,春分前后,正是燕子飞回之时,"去年尘冷"暗示高楼冷寂。"差池"两句写燕子徘徊之态,"欲""试"两字为传神之笔,"相并"则言燕子双双依偎,紧扣"尘冷"二字。"还相"两句摹写燕子绕梁盘旋状,"商量不定"几字尤妙。"飘然"两句承前,描写燕子出巢时的轻灵、迅捷,"翠羽""红影"一言燕子,一言花影,色彩鲜明。下片写燕子出巢的活泼、自由。燕子穿过花径,贴着芬芳芹泥,忽高忽低,似彼此夸耀轻俊身姿,它们嬉戏到很晚,看够旖旎春光,才飞回红楼。"柳昏花暝"前人以为有化工之妙,"昏"和"暝"形容天色渐暗,此处形容柳和花,则似燕子戏柳穿花,花柳也因而困倦。"应自"两句用语轻俏,言燕子睡得正酣,忘了替红楼中人捎带回信。整首词在燕子的相亲相爱、活泼愉悦和闺中人的孤独寂寞、凄冷哀怨的对比中展开描写,虽然以描摹燕子为主,但时时不离闺中人的反面对应,在一闹一静中完成了对燕子的传神写照。

蒋捷,字胜欲,号竹山,江苏宜兴人。南宋咸淳十年(1274)进士,宋亡隐居太湖中竹山,人称竹山先生。抱节以

史达祖《双双燕》(过春社了)

终。著有《竹山词》,存词94首。

蒋捷词以小令见长,清人刘熙载许之为"长短句之长城"。其词风不尽婉约,亦有清疏苍凉者。如其名作:

### 虞美人　听雨

少年听雨歌楼上,红烛昏罗帐。壮年听雨客舟中,江阔云低断雁叫西风。

而今听雨僧庐下,鬓已星星也!悲欢离合总无情,一任阶前点滴到天明。

这首词为蒋捷一生之写照。此作高明之处在于,词人是截取三幅象征性画面形象概括了词人从少到老的生命历程。人生几十年,又饱经安乐和忧患,这样的坎坷历程仅包含在这短短的40字之中,蒋捷的笔力不可谓不阔大。上片写少年和壮年,少年听雨歌楼,"红烛昏罗帐",写尽其少年风流、不知世事的无忧无虑的太平生活;壮年听雨客舟,"江阔云低断雁叫西风",场景变化,水天寥阔,风刀云低,孤雁哀鸣,又写尽词人壮年流亡漂泊、孤零凄寂的动乱生活。下片写老年,也即当前的词人形象,老年听雨僧庐,"鬓已星星也",此为形貌,阅尽沧桑,栖居僧庐,似已悟到一切皆空。后面两句为感慨兼写当前心境,"总无情"是感慨历史无情抑或人生无情?似已不愿再想,一任雨滴到天明,词人心中的激楚盘旋至深,一夜无眠,"一任"一词实含有悲楚、苍凉的意味。

周密(1232~1308),字公谨,号草窗,又号四水潜夫、弁阳啸翁,祖籍济南,流寓浙江湖州。宋德祐间为义乌县令,入元不仕。著述较多,词集有《蘋洲渔笛谱》《草窗词》,存词共153首。

周密早期词刻意清真,词多清丽。宋亡以后,则哀沉蕴转。录其晚年词作一首如下:

### 高阳台　寄越中诸友

小雨分江，残寒迷浦，春容浅入蒹葭。雪霁空城，燕归何处人家？梦魂欲渡苍茫去，怕梦轻、翻被愁遮。感流年，夜汐东还，冷照西斜。

萋萋望极王孙草，认云中烟树，鸥外春沙。白发青山，可怜相对苍华。归鸿自趁潮回去，笑倦游、犹是天涯。问东风，先到垂杨，后到梅花？

这首词是周密宋亡以后寄示王沂孙、唐珏等人的。上阕忧怀故都，"小雨"三句，写明时节，细雨洒落江面，津浦残寒未除，江边芦苇长出新芽，这是初春景象。"雪霁"两句，写故都萧寒，雪后初晴，然而空城余雪，不复繁华，"燕归"句反用刘禹锡诗典故，"旧时王谢堂前燕，飞入寻常百姓家"写朝代更替，高门大族荡然无存，原先燕子飞入百姓之家，而词中则说故都不仅宫殿无存，百姓之家也遭兵燹，燕子无处可居。"梦魂"两句写词人盼望飞到越中，与故友一晤，但又担心愁重梦轻，不能如愿，亡国之凄怆之情于此可以见之。"感流年"三句感慨光阴消逝，只有冷月无声，情绪是十分低沉的。下阕遥寄相思，"萋萋"三句写极目望去，仿佛烟树可见，沙路犹在。"白发"两句感慨两地知己垂垂老矣，只有青山如故。"归鸿"三句写鸿雁尚能趁潮归去，而自己虽回杭州，却仍是天涯之客，此中无可奈何之悲沉以笑语解之，更增苦楚。"问东风"三句表面问东风先吹到杨柳还是先吹到梅花，其实是希望越中诸友早日来杭一会。杨柳有惜别之意，梅花是相思之意，希望故友相晤以慰寂寞，而不是让词人苦苦思念。

宋元之际，杭州地区活跃着一批词人，他们大都师法周邦彦或姜夔，词风清雅，如陈允平、李彭老、唐珏、仇远等人。陈允平、仇远词名较著。

陈允平（1205～1280），字君衡，号西麓，浙江宁波人。曾为余姚县令，后往来吴越之间，客居临安。宋亡后，征召大都，不受官而还。有词集《日湖渔唱》《西麓继周集》，存词209首。其词学步周邦彦，词中和清真之作将近一半，抒写亡国之悲的词作伤感哀怨、格调低缓，如《八宝妆·秋夕有感》。

望远秋平。初过雨、微茫水满烟汀。乱蒹疏柳，犹带数点残萤。待月重帘谁共倚，信鸿断续两三声。夜如何，顿凉骤觉，纨扇无情。

还思骖鸾素约，念凤箫雁瑟，取次尘生。旧日潘郎，双鬓半已星星。琴心锦意暗懒，又争奈、西风吹恨醒。屏山冷，怕梦魂、飞度蓝桥不成。

仇远（1247～1326），字仁近，号山村民，浙江杭州人。宋亡后，参与临安词人群《乐府补题》唱和，后应征召任溧阳州学教授、杭州知事，晚年归老西湖，优游山水。有词集《无弦琴谱》，存词182首。其词轻倩凄迷，清俊拔俗，后人以为"元词巨擘"。录其词一首如下：

### 南乡子

急雨涨潮头,越树吴城势拍浮。海鹤一声苍竹裂,扁舟。轻载行云压水流。

独倚最高楼,回首屏山叠叠秋。江上数峰人不见,沙鸥。曾识西风独客愁。

# 七　风流余响：宋代以后词坛的沉寂与复兴

王国维曾说："凡一代有一代之文学：楚之骚，汉之赋，六代之骈语，唐之诗，宋之词，元之曲，皆所谓一代之文学，而后世莫能继焉者也。"（王国维《宋元戏曲考》）后来胡适受王国维影响，以进化论中国文学，更具体地提出"先秦诸子、汉赋、唐诗、宋词、元曲、明清小说"的文学代兴观点，并一直影响至今。当然，这种观点已被当代学者所纠正了。这些文学在当时都是新兴文体，但未必是代表性文学。唐诗固是唐代卓越的文学表现，唐代古文的成就同样非凡；宋词在宋代的确是流行的文体，而宋诗却是创作成果最多的，而且其成就不逊于唐诗；元曲、明清小说的作家多默默无名或者生平不详，传统文人最拿手和最熟悉的创作文体仍然是诗词文。清代文学甚至被学者称为集大成的历史时期，这个时代的诗词古文创作同样达到了鼎盛，可以说是文学的中兴。就宋以后词的发展而言，这一文体并没有没落，而是作者和受众更多了。简言之，金、元、明三代是词学相对沉寂的时期，名家、大家较少，而清代则是词学中兴时期，名家众多，大家也辈出。

金与南宋同时，金初词人显著者多由宋入金，受北宋东坡词风影响较大。金词名家宇文虚中、吴激、蔡松年、赵秉文等都在一定程度上受到了苏轼词风的影响。金词大家元好问虽多有自树，然亦近东坡，吴梅所谓"竟是东坡后身"也。

元好问（1190～1257），字裕之，号遗山，山西忻州人。金兴定五年（1221）进士，正大元年（1224），中博学宏词科，授国史院编修。正大八年（1231），除尚书省掾，转员外郎。金亡不仕，以著述终生，元宪宗七年（1257）卒于河北寓舍，享年68岁。撰有《遗山先生文集》40卷，《续夷坚志》5卷，辑《中州集》10卷等。词集名《遗山乐府》，存词377首。

元好问最为脍炙人口的词并非跌宕激昂之作，而是深婉情长之词，如下面这首：

### 摸鱼儿　雁丘词

问世间，情为何物？直教生死相许。欢乐趣，离别苦，是中更有痴儿女。君应有语。渺万里层云，千山暮雪，只影向谁去。

横汾路，寂寞当年箫鼓，荒台依旧平楚。招魂楚些嗟何及，山鬼自啼风雨。天也妒，未信与，莺儿燕子俱黄土。千秋万古，为留待骚人，狂歌痛哭，来访雁丘处。

这首词本是元好问有感于大雁殉情而作。起句破空而来，对"生死相许"的爱情赞美有加，由孤雁坚贞之爱情联想到人世间也是如此，转折自然。上片"君应有语"后诸句，想象孤雁无依，寻遍万里层云，千山暮雪，爱人不在，因而自尽殉情之举。过片宕开，因汾水葬雁而暗用汉武帝《秋风辞》"泛楼船兮济汾河，横中流兮扬素波，箫鼓鸣兮发棹歌"句而生出悲怆消黯之情。"招魂"两句则化用屈原《招魂》《山鬼》篇中"雷填填兮雨冥冥，风飒飒兮木萧萧，思公子兮徒离忧"句，也使词境低迷阴森，从而将作者的痛惜之情宣溢出来。"千秋万古"后诸句则说双雁埋在此处，将与莺燕不同，可以留待后人凭吊。这首词在摹写双雁殉情后的萧飒之气时极为空灵，而用语却沉痛悲切，因而缪钺先生认为其词"清雄之中别饶深婉，苏、辛以降，殆罕匹俦"（缪钺《遗山乐府编年小笺》）。

元代词风寖于宋者为多，故姜、张典雅一派和苏、辛豪放一派都有继承。迹近豪放的著名词人有虞集、萨都剌、倪瓒、刘秉忠等人，而典雅一派的词人则以张翥、张羽、邵亨贞、白朴为著。其中虞集、张翥时名尤显。

虞集（1272~1348），字伯生，号道园，祖籍四川眉山，后迁徙江西崇仁。为元代名儒，著述颇多，后人誉为"元诗四大家"之首。词作如《风入松》。

### 风入松

画堂红袖倚清酣，华发不胜簪。几回晚直金銮殿，东风软花里停骖。书诏许传宫烛，香罗初剪朝衫。

御沟冰泮水拖蓝,飞燕又呢喃。重重帘幕寒犹在,凭谁寄金字泥缄。为报先生归也,杏花春雨江南。

张翥(1287~1368),字仲举,号蜕庵,山西临汾人。曾任侍讲学士兼祭酒,其词元代之冠。词作如《多丽·西湖泛舟席上》。

### 多丽·西湖泛舟席上

晚山青,一川云树冥冥。正参差烟凝紫翠,斜阳画出南屏。馆娃归、吴台游鹿,铜仙去、汉苑飞萤。怀古情多,凭高望极,且将尊酒慰飘零。自湖上,爱梅仙远,鹤梦几时醒?空留得,六桥疏柳,孤屿危亭。

待苏堤、歌声散尽,更须携妓西泠。藕花深,雨凉翡翠,菰蒲软、风弄蜻蜓。澄碧生秋,闹红驻景,采菱新唱最堪听。见一片水天无际,渔火两三星。多情月,为人留照,未过前汀。

明代词人虽多,创作上却不严谨,渐混于曲,词史上号称中衰。撮而言之,明初词学尚盛,词风温雅芊丽,著名词人如刘基、高启、杨基等人尚能接续宋元,气骨尚存;此后词风委靡,竞为侧艳之词,且不辨宫商,著名词人杨慎、王世贞、汤显祖词稍稍可观,然而也不免杂入曲子,格调不精;明清易代之际词人则能复古,体尚《花间》,而意多寄托,词在明清之际可谓大放异彩。其时著名的词人有陈子龙、夏完淳、孙承宗、陆钰等人,陈子龙尤称巨擘。

陈子龙(1608~1647),字卧子,号大樽,上海松江人。崇祯十年(1637)进士,选绍兴推官,以功擢兵科给事中。明亡,与同邑夏允彝举义兵抗清。后失败被捕,乘隙投水而死,终年40岁。陈子龙是晚明文坛领袖,以词而言,龙榆生说:"词学衰于明代,至子龙出,宗风大振,遂开三百年来词学中兴之盛"(龙榆生《近三百年名家词选》)。陈子龙在词学衰靡之际,高举复古大旗,词风虽绮艳,却义举风、骚,词多比兴之旨。著有《湘真阁词》,共87首。

陈子龙尊尚《花间集》,故词多小令,早期词妍丽蕴藉。如《菩萨蛮·春雨》。

> 廉纤暗锁金塘曲,声声滴碎平芜绿。无语欲摧红,断肠芳草中。
> 几分消梦影,数点胭脂冷。何处望春归?空林莺暮啼。

国变以后,陈子龙词则多凄怨悲楚之音,如《点绛唇》。

> 满眼韶华,东风惯是吹红去。几番烟雾,只有花难护。
> 梦里相思,故国王孙路。春无主!杜鹃啼处,泪染胭脂雨。

清词之盛,已为学界所熟知。清词的创作数量不仅远迈宋、元、明诸朝,在质量上也涌现了一大批名家、大家,甚至在宋词经典地位已确立的情况下，清词仍有全新的发展。张宏生先生在《清词探微》中从清词境界的深化、题材的扩大和延伸、手法与技巧的变化、表现个体气象从缘情到形而上的发展四个方面讨论了清词较之宋词创新之处。

清词的发展有"两头大，中间小"的特点，即清初顺治、康熙两朝和清末光绪、宣统两朝的词坛大家特多，词的成就很多，而自雍正至同治朝的词坛尽管词人众多，却相对晦暗。当然，这一认识也是跟清代词学家和当代学者的阐释相关的。实际上，清代中后期词坛也不乏佳作。

晚清民国的词坛巨匠朱祖谋曾撰有《清词坛点将录》，将清代著名词人以《水浒》108将座次类比，尤其卓越者列为天罡词人，次者为地煞词人。天罡词人中，顺治、康熙朝占18人，有屈大均、朱彝尊、陈维崧、纳兰性德、顾贞观、曹贞吉、毛奇龄、李雯、曹溶、王士祯、钱芳标、严绳孙、李良年、李符、宋征舆、宋征璧、沈谦、彭孙遹；雍正、乾隆朝2人，为厉鹗、张惠言；嘉庆、道光朝2人，为董士锡、项廷纪；咸丰、同治朝3人，为蒋春霖、周之琦、陈澧；光绪、宣统朝11人，为王鹏运、朱祖谋、庄棫、张祖同、陈曾寿、文廷式、郑文焯、况周颐、陈洵、谭献、成肇麐。

清代词派众多，创作风貌各异，顺康时期朱彝尊创立浙西词派，笼罩清代词坛150多年；陈维崧创立阳羡词派，以鼓吹"稼轩风"为己任，魄力绝大，当时与朱彝尊齐名，号称"朱、陈"；纳兰性德、顾贞观、曹贞吉则跳出主流词派，同气相求，并称为"京华三绝"，其中又以纳兰性德影响最大。

朱彝尊（1629～1709），字锡鬯，号竹垞，浙江嘉兴人。清初著名学者，诗人。词集有《静志居琴趣》《江湖载酒集》《茶烟阁体物集》《蕃锦集》等，合称为《曝书亭词》。辑历代词为《词综》，师法姜夔、张炎，而开浙西词派。其自为词，为有清一代冠冕。陈廷焯认为"《静志居琴趣》一卷，尽扫陈言，独出机杼，艳词有此，匪独晏、欧所不能，即李后主、牛松卿亦未尝梦见，真古今绝构也"（陈廷焯《白雨斋词话》）。

《静志居琴趣》全为恋情词，所写恋情均为朱氏所亲历，情感真挚、缠绵、细腻。如其《鹊桥仙·十一月八日》写爱情初生时的忐忑、欣喜。

一箱书卷，一盘茶磨，移住早梅花下。全家刚上五湖舟，恰添了、个人如画。

月弦初直，霜花乍紧，兰桨中流徐打。寒威不到小蓬窗，渐坐近、越罗裙衩。

再如《桂殿秋》一词，被认为是爱情词之绝唱。

思往事，渡江干，青蛾低映越山看。共眠一舸听秋雨，小簟轻衾各自寒。

陈维崧（1625～1682），字其年，号迦陵，江苏宜兴人。诗词文均卓异，骈文有名于时，词名尤盛。著有《迦陵词》

30卷。时人以其为绝代奇才,词风慷慨悲凉,波澜壮阔。如其名作《点绛唇·夜宿临洺驿》霸悍绝伦,有不可一世之概。

晴髻离离,太行山势如蝌蚪。稊花盈亩,一寸霜皮厚。
赵魏燕韩,历历堪回首。悲风吼,临洺驿口,黄叶中原走。

纳兰性德（1654~1685）,原名成德,字容若,满族人,词名甚著,撰有《饮水词》。王国维的《人间词话》评纳兰词云:"纳兰容若以自然之眼观物,以自然之舌言情,此由初入中原,未染汉人风气,故能真切如此,北宋以来,一人而已!"

纳兰性德最有名的词当是悼亡之篇。纳兰词中悼亡之作有40多首,是历代词人悼亡之作最多的,词多凄婉哀怨,情深语挚。如其名作二首如下:

### 蝶恋花

辛苦最怜天上月。一昔如环,昔昔都成玦。若似月轮终皎洁,不辞冰雪为卿热。
无那尘缘容易绝。燕子依然,软踏帘钩说。唱罢秋坟愁未歇,春丛认取双栖蝶。

### 木兰花

人生若只如初见,何事秋风悲画扇。等闲变却故人心,却道故人心易变。

骊山语罢清宵半，泪雨霖铃终不怨。何如薄幸锦衣郎，比翼连枝当日愿。

朱彝尊以后，又有厉鹗，接续浙西词派，为当时巨匠。厉鹗（1692～1752），字太鸿，号樊榭，浙江杭州人；著名学者，诗人，科第连蹇，以著述自娱；有《樊榭山房词》《秋林琴雅》等。《续修四库全书提要》评其词："骚情雅意，曲折幽深，声调高清，丰神摇曳。"大体上，厉鹗之词最得姜夔神理，为浙西词派开疆拓土者。其"幽隽"之词如下：

### 百字令

月夜过七里滩，光景奇绝。歌此调，几令众山皆响。

秋光今夜，向桐江，为写当年高躅。风露皆非人世有，自坐船头吹竹。万籁生山，一星在水，鹤梦疑重续。挐音遥去，西岩渔父初宿。

心忆汐社沈埋，清狂不见，使我形容独。寂寂冷萤三四点，穿破前湾茅屋。林净藏烟，峰危限月，帆影摇空绿。随风飘荡，白云还卧深谷。

清代中期以后，词坛多弊。张惠言以经学治词，力行"尊体"，以"意内言外"说词，对浙西词派多为批判，并建立了对后世影响最为深远的常州词派。张惠言（1761～1802），字皋文，江苏武进人。著名学者，文学家。治今文经学，为当时大家，古文创"阳湖派"，骈文亦有名于时。撰有词集《茗柯词》，辑《词选》，力倡词当有比兴寄托之意，为常州词派开山。其《水调歌头》五首抒写哲思名理，却生意盎然，活泼生动，词学家谭献认为"胸襟学问，酝酿喷薄而出，赋手文心，开倚声家未有之境"（谭献《箧中词》）。如《水调歌头》第一首。

东风无一事，妆出万重花。闲来阅遍花影，唯有月钩斜。我有江南铁笛，要倚一枝香雪，吹彻玉城霞。清影渺难即，飞絮满天涯。

飘然去，吾与汝，泛云槎。东皇一笑相语：芳意在谁家？难道春花开落，更是春风来去，便了却韶华？花外春来路，芳草不曾遮。

晚清以来的词坛多受张惠言影响，蒋春霖被词学家谭献誉为"倚声家老杜"，有"词史"之称。蒋春霖（1818～1868），字鹿潭，江苏江阴人。有《水云楼词》2卷。其词多写乱世漂泊中的哀愁，风格清虚而又沉郁，如《虞美人》。

水晶帘卷澄浓雾，夜静凉生树。病来身似瘦梧桐，觉道一枝一叶怕秋风。

银潢何日销兵气？剑指零星碎。遥凭南斗望京华，忘却满身清露在天涯。

光宣词坛则有"晚清四大词人"之目，均为服膺常州词派者，这四人是王鹏运、郑文焯、况周颐、朱祖谋。王鹏运

(1849～1904)，字佑霞，又作幼遐，号半塘，广西桂林人。光绪时词坛领袖，尝汇刻《花间集》迄宋元诸家词为《四印斋所刻词》，开晚清民国校勘词籍之风。自撰词结集为《半塘定稿》。以推扬常州词学自任，朱祖谋、况周颐等均受其影响治词，民国学者蔡嵩云称晚清以王鹏运为首的一班词人为"临桂派"。

王鹏运词的创作遵循常州词派周济的理论，"导源碧山，复历稼轩、梦窗以还清真之浑化"。其词奇情壮采，熔婉约、豪放为一炉，如《沁园春》。

> 岛佛祭诗，艳传千古。八百年来，未有为词修祀事者。今年辛峰来京度岁，倡酬之乐，雅擅一时。因于除夕，陈词以祭，谱此迎神，而以送神之曲属吾弟焉。
>
> 词汝来前！酹汝一杯，汝敬听之。念百年歌哭，谁知我者？千秋沆瀣，若有人兮。芒角撑肠，清寒入骨，底事穷人独坐诗？空中语，问绮情忏否，几度然疑。
>
> 玉梅冷缀梅枝，似笑我吟魂荡不支。叹春江花月，竟传宫体，楚山云雨，枉托微词。画虎文章，屠龙事业，凄绝商歌入破时。长安陌，听喧阗箫鼓，良夜何其？

郑文焯（1856～1918），字小坡，一字叔问，号大鹤山人，满族，辽宁铁岭人。工尺牍，擅书画，精音律。慕姜夔之为人，所作词集以"瘦碧""冷红""比竹余音"等名之，后汇为《樵风乐府》。其词自周邦彦、姜夔、吴文英而来，缠绵宕动，而有清劲之音。如《摸鱼儿·金山留云亭饯沈仲复中丞》。

渺吴天觅愁无地,江山如此谁醒?乱云空逐惊涛去,人共一亭幽静。斜月耿。怕重见清尊,中有沧桑影。吟魂自警。对潮打孤城,烟生坏塔,笛语夜凄哽。　招提境,还作东门帐饮。中流同是漂梗。当年击楫英雄老,输与过江鱼艇。愁暗省。换满目胡沙,蛮气连天迥。苔茵坐冷。任怪石能言,荒波变酒,莫更赋离景。

况周颐(1859~1926),原名周仪,字夔笙,号玉梅词人,晚号蕙风词隐,广西桂林人。性嗜倚声,又精金石、掌故之学。删定平生词为《蕙风词》2卷,又撰《蕙风词话》,与陈廷焯《白雨斋词话》、王国维《人间词话》并称为"晚清三大词话"。其论词标举四义,曰真、重、拙、大。其教人读词之法云:"读词之法,取前人名句意境绝佳者,将此意境缔构于吾想望中。然后澄思渺虑,以吾身入乎其中而涵泳玩索之。吾性灵与相浃而俱化,乃真实为吾有而外物不能夺。"(况周颐《蕙风词话》)

况周颐词凄艳在骨,有回肠荡气之美。如龙榆生称道的《减字浣溪沙》二首。

其一

重到长安景不殊,伤心料理旧琴书,自然伤感强欢娱。
十二回阑凭欲遍,海棠浑似故人姝,海棠知我断肠无?

### 其二

玦绝连环两不胜,几生修得到无情?最难消遣是今生!
蝶梦恋花兼恋叶,燕泥粘絮不粘萍,十年前事忍伶俜。

朱祖谋(1857~1931),原名孝臧,字古微,号沤尹,晚号彊村,浙江湖州人。始以诗名,后交王鹏运,弃诗学词,为晚清词坛殿军,民国亦为词坛宗主。尝校刻唐、宋、金、元人词为《彊村丛书》,辑晚清民国名家词为《沧海遗音集》,学者奉为宝典。自为词集名为《彊村语业》,能融合常州词派和浙西词派之所长,出入于清真、白石、梦窗和东坡之间,王国维评其词"隐秀",并认为"学人之词,斯为极则"。严迪昌《清词史》认为朱祖谋晚年词苍劲沉著,同时又具"幽忧怨诽,沉抑绵邈"之质。录下面一首以尝一脔。

### 齐天乐　乙丑九日,庸庵招集江楼

年年消受新亭泪,江山太无才思。戍火空村,军笳坏堞,多难登临何地?霜飙四起,带惊雁声声,半含兵气。老惯悲秋,一尊相属总无味。

登楼谁分信美,未归湖海客,离合能几?明日黄花,清晨白发,飘渺苍波人事。茱萸旧赐,望西北浮云,梦迷醒醉。并影危阑,不辞轻命倚。

晚清民国之际名家众多,皆能独造。龙榆生于1941年曾撰有《晚近词风之转变》一文,述及晚清民国词家于四家外,又有文廷式、夏敬观、陈洵、张尔田、邵瑞彭诸人学有独到,并多杰构。至于民国以来词家,有民国"词学三大家"之称,这三人是夏承焘、唐圭璋、龙榆生。其中夏承焘尤有"当代词宗"之誉。录夏承焘词一首如下:

### 贺新郎

戊寅避寇瞿溪,居停为余治舍而覆燕巢,入晚群羽哀鸣,恻然赋此。

瀚海飘流惯。甚年年、低回故宇,伴人长叹。一夜空梁惊尘起,玉砌雕栏都换。绕危幕、欲飞还恋。何处蓬蒿双栖稳,更爱居、钟鼓何心羡。风雨急,泪如霰。

谢邻旧侣重相见,应念我、江湖凭庑,十年游倦。石出水清归无日,莫唱艳歌相饯。几兄弟、他乡异县。安得驾鹅衔君到?恨凋残、毛羽排风短。依树鹊,共魂断。

词这种文体自唐滋生,宋时繁盛,元明沉寂,至清中兴,民国乃至当代余波不绝。可见其有极强的生命力。叶恭绰的《广箧中词》在所录朱祖谋词后下有评语,并述及对民国以来词坛之展望,其云:"强村翁词,集清季词学之大成,公论翕然,无待扬榷。余意词之境界,前此已开拓殆尽,今兹欲求于声家特开领域,非别寻途径不可。故强村翁或且为词学之一大结穴,开来启后,应有继起而负其责者。此今日论文学者所宜知也"。当今国学大热,传统诗词的爱好者和实践者比比皆是,我们这个时代的词体创作如欲有新成就、新境界,则有望于孜孜以求的当代词人,姑拭目以待之!

## 史话编辑部

**主　　任**　　袁清湘

**成　　员**　（以姓氏笔画为序）
　　　　　　　王　和　　王　敏　　王玉霞　　连凌云
　　　　　　　范明礼　　周志宽　　高世瑜　　韩莹莹

**行政助理**　　苏运才

图书在版编目(CIP)数据

宋词史话/傅宇斌著.—北京：社会科学文献出版社，2015.11
　(中国史话)
　ISBN 978-7-5097-8176-0

Ⅰ.①宋… Ⅱ.①傅… Ⅲ.①宋词-词曲史 Ⅳ.①I207.23

中国版本图书馆CIP数据核字(2015)第238934号

## "十二五"国家重点图书出版规划项目

中国史话・文化系列

### 宋词史话

著　　者 / 傅宇斌

出 版 人 / 谢寿光
项目统筹 / 黄　丹　王玉霞　　责任编辑 / 王玉霞

出　　版 / 社会科学文献出版社・史话编辑部 (010) 59367143
　　　　　地址：北京市北三环中路甲29号院华龙大厦　邮编：100029
　　　　　网址：www.ssap.com.cn
发　　行 / 定制出版中心 (010) 59366509　59366498
　　　　　市场营销中心 (010) 59367081　59367090
　　　　　读者服务中心 (010) 59367028

印　　装 / 三河市尚艺印装有限公司
规　　格 / 开 本：889mm×1194mm　1/32
　　　　　印 张：7　字 数：147千字
版　　次 / 2015年11月第1版　2015年11月第1次印刷
书　　号 / ISBN 978-7-5097-8176-0
定　　价 / 25.00元

本书如有破损、缺页、装订错误，请与本社读者服务中心联系更换

▲ 版权所有 翻印必究